欧洲民间故事

罗俊杰　张天爽／主编

吉林美术出版社｜全国百佳图书出版单位

图书在版编目（CIP）数据

欧洲民间故事 ／ 罗俊杰，张天爽主编． —— 长春 ：吉林美术出版社，2020.7（2023.6重印）
（快乐读书吧 ：听读版）
ISBN 978-7-5575-5527-6

Ⅰ．①欧… Ⅱ．①罗… ②张… Ⅲ．①民间故事－作品集－欧洲 Ⅳ．①I507.3

中国版本图书馆CIP数据核字(2020)第094485号

快乐读书吧：听读版
欧洲民间故事

出 版 人	赵国强
主　　编	罗俊杰　张天爽
责任编辑	陈　鸣
开　　本	710mm×960mm　　1/16
字　　数	160千字
印　　张	15
版　　次	2020年7月第1版
印　　次	2023年6月第11次印刷
出版发行	吉林美术出版社
地　　址	长春市人民大街4646号
	邮编：130021
网　　址	www.jlmspress.com
印　　刷	吉林省恒盛印刷有限公司

ISBN 978-7-5575-5527-6　　　　定价：**59.80** 元

CONTENTS
目　录

狐 小 妹 和 狼 大 哥

狡猾的狐小妹装死，从憨厚的渔夫那儿偷了满满一雪橇鱼。狐小妹骗狼大哥说鱼全是自己用尾巴钓的，让狼大哥也用自己的尾巴去冰窟窿里钓鱼。狼大哥一直钓哇钓哇，直到尾巴被冻住也没有钓到一条鱼，还被打水的妇人们暴打一顿，逃跑的时候只好扯掉了自己的大尾巴。偷盗和欺骗都是不对的，狐小妹虽然暂时靠它们得到了好处，但他人不会永远被她蒙蔽，狐小妹尽早会为此付出代价。

从前，有一个老头子和一个老婆子。一天，老头子对老婆子说："老婆子，你在家烙饼，我套上雪橇出去打鱼。"

老头子打了满满一雪橇鱼往家拉。走着走着，他看见一只狐狸蜷缩着躺在大路上。老头子下了雪橇，走到狐狸跟前。那狐狸一动也不动，就跟死了一样。

"这可是给我老伴儿的好礼物！"老头子说着拎起狐狸，放在雪橇上，自个儿却走到雪橇前面去了。

狐狸看准时机，把鱼从雪橇上一条一条扔下去，**不慌不忙**

1

地扔，扔完那一雪橇鱼就**溜之大吉**。

老头子到家以后喊道："喂！老婆子！瞧我给你带回来多好的一条**皮袄**领子呀！"老婆子问："在哪儿？"老头子说："在那边雪橇上，鱼和领子都在雪橇上。"

老婆子走过去一看，既没有领子也没有鱼，就骂开了："嘿！你这个没出息的东西！还会编瞎话骗人呢！"老头子这才明白，那狐狸并没有死，还偷走了他的鱼，可是也没有办法啦。

狐狸把一路从雪橇上扔下来的鱼敛成一堆，坐在那儿美美地吃着，一只大灰狼走上前来对狐狸说：

"你好哇，狐小妹！"

"你好，狼大哥！"

"给我一条鱼吧！"

"你自己去钓好啦。"

"我不会。"

"嘿！你瞧我钓了多少！你到河上去，把**尾巴**伸进冰窟窿里，蹲在那儿口中念叨：'大鱼、小鱼钓上来，大鱼、小鱼钓上来！'鱼自个儿就会上来抓住你的尾巴。你可要多蹲一会儿，不然钓不到这么多。"

狼大哥到河上去了，他把尾巴伸进冰窟窿里，蹲在那儿口中念叨："大鱼、小鱼钓上来！大鱼、小鱼钓上来！"狐小妹跟着来到河上，她一面围着狼大哥转圈子，一面念叨："天晴，天晴，天大晴！冻硬，冻硬，狼尾巴！"

"你说什么呢，狐小妹？"狼大哥问。"我在帮你呢，狼大哥。"狐小妹回答。

接着这小滑头又不停地念叨："冻硬，冻硬，狼尾巴！"

狼大哥在冰窟窿旁边蹲了很久，一夜都没挪窝，他的尾巴就给冻上了。等他要站起来时才发现尾巴动不了了！可他还想："哟！鱼太多啦，拉都拉不上来！"

这时候天也亮了，他抬眼一看，妇女们到这儿打水来了。她们一发现大灰狼就大喊大叫："有狼，有狼！打死他，打死他！"她们跑过来打狼，有的用**扁担**，有的用水桶，抓到什么拿什么打。狼大哥跳哇蹦哇，挣断了尾巴，头也不回地逃命了。

"好哇，狐小妹！"他想，"等我跟你算账！"

狼大哥受冤枉挨了一顿打，可狐小妹正在**琢磨**着能不能再捞点儿什么。于是，她钻进一户农家。妇女们正在烙饼，狐小妹不小心栽进面桶里，沾了一头稀面，逃了出来，正好碰见狼大哥。狼大哥说："你是怎么教我的？叫我挨一顿毒打！"

"唉，狼大哥！"狐小妹说，"你只不过见点儿血，我连脑浆子都出来了，我挨的打比你更厉害。瞧，我路都走不了啦！"

"可不是嘛，"狼大哥说，"狐小妹，你哪儿还能走路哇，快骑到我背上来，我驮着你走。"

狐小妹骑到狼大哥背上，狼大哥驮着她走了。

狐小妹挺**得意**，竟然轻声唱了起来："挨打的背没挨打的，挨打的背没挨打的！"

"狐小妹，你念叨什么呢？"

"狼大哥，我说挨打的背挨打的。"

"对呀，狐小妹，对呀！"

主　意

一只狐狸和一只仙鹤一不小心都掉进了农民制造的陷阱里。狐狸在坑里急得团团转，一边转一边说："我有一千个、一千个、一千个主意！"他却不知道该用哪个。仙鹤只是一个劲儿地啄面前的泥土，嘴里念叨："我只有一个主意！"猜猜，最后是拥有一千个主意的狐狸逃出了陷阱，还是只有一个主意的仙鹤逃出了陷阱呢？

有个农民在森林里挖了一个坑，又用了些枯树枝把坑口掩盖好，心想："说不定会有什么小兽掉进坑里去。"

一只狐狸跑过来，眼睛只顾向**树梢**上望，结果"扑通"一声掉进去了。

一只仙鹤飞过，忽然停下来找食物，两只脚给坑口的枯树枝缠住了。仙鹤**挣扎**一阵，结果也掉了进去。

狐狸倒霉了，仙鹤也倒霉了。他们不知道怎么办才能逃出陷阱。

狐狸从这边转到那边，把坑里的尘土扬起好高。仙鹤却缩起一只脚，站在一个地方不动，只顾啄面前的泥土。他俩都在

5

思索，如何**摆脱**困境。

狐狸跑呀跑，嘴里说："我有一千个、一千个、一千个主意！"仙鹤啄呀啄，嘴里说："我只有一个主意！"

狐狸继续跑，仙鹤继续啄。

狐狸想："这个仙鹤也真蠢！干吗总啄泥土？他难道不知道，地那么厚，怎么啄也啄不穿的吗？"他自个儿呢，在坑里一面转圈儿一面说："我有一千个、一千个、一千个主意！"

仙鹤仍旧一个劲儿地啄面前的泥土，并且说："我只有一个主意！"

那农民来看有没有小兽掉进坑里。狐狸听见脚步声就转得更快了，嘴里还不停地说："我有一千个、一千个、一千个主意！"

仙鹤却**安静**下来不再啄了。狐狸一看，只见仙鹤倒在地上，两脚朝天，停止了呼吸。可怜，他被吓死了。

农民扒开枯树枝，看见一只狐狸和一只仙鹤掉进坑里了，

狐狸在坑里转圈子，仙鹤躺在坑底一动不动。农民说："狐狸呀，你这个坏东西！你咬死了我这么好的一只鸟！"

农民抓住仙鹤的两只脚，把他提出坑外，又摸了摸，发现这鸟身上还热乎乎的，就骂得更凶了。

狐狸在坑里一个劲儿跑，可就是不知道该用哪一个**主意**，他有一千个、一千个、一千个主意啊！

农民说："你咬死了仙鹤，等着**揍揍**吧！"

农民把仙鹤搁在坑口，准备去对付狐狸。

他刚一转身，仙鹤就展翅飞了，而且大声叫道："我只有一个主意！"

眨眼的工夫已没了仙鹤的影子。

狐狸有一千个、一千个、一千个主意，最终却被做成了皮大衣的领子。

农民和狗熊

农民为了讨好狗熊，主动和狗熊分享自己种的萝卜。他分给狗熊萝卜上面的叶子，自己只要根就可以。狗熊爽快地答应了，他不知道萝卜就是根才有用。第二年，知道自己上当了的狗熊找农民算账，农民又答应跟他分享自己种的黑麦。这次他把根分给狗熊，自己要上面的就行。聪明的人都知道，狗熊又上当啦！

有一个农民到森林里的空地上去种**萝卜**。他正松土的时候，来了一只狗熊。

狗熊对农民说："我要吃了你！"

农民说："不如咱俩一块儿来种萝卜，等萝卜长大了，你要萝卜上面的叶子，我只要根就行。"

狗熊说："好吧，就这么办。如果你骗我，那就别想再进这森林！"

日子一天天过去，萝卜越长越大。到了秋收**季节**，农民进森林里去刨萝卜。狗熊也来了，他是来分萝卜的。

农民说："好吧，狗熊，你把萝卜上面的叶子拿去，根都留给我。"狗熊把萝卜叶都拿走了。农民装了一大车萝卜，**打算**拉进城去卖，半路上碰见了狗熊。

狗熊问农民："你上哪儿去?"

农民说："我进城去卖这些根。"

狗熊说："我尝尝是什么**味道**。"

农民给了狗熊一个萝卜，狗熊吃了大吼道："哎呀，我上了你的当，原来根这么甜! 以后你别想到森林里去砍柴了。"

第二年，农民悄悄地到森林里那块空地上去种了黑麦。秋天他来拔麦子的时候，看见狗熊早已等在那里。

"这回你骗不了我啦!"狗熊说。

农民说："好吧！狗熊，这次把根都给你，我要上面的。"

农民和狗熊拔完了麦子以后，农民把根铡下来给了狗熊，自己装了满满一车黑麦回家去了。

狗熊弄来弄去也不知道这些根有什么用。

狗熊很生农民的气，从此狗熊和农民就成了仇敌。

幸运的库兹马

以前的库兹马一无所有，直到他抓到一只狐狸。狐狸许诺，只要库兹马放了他并用油烤母鸡给他吃，就有办法让库兹马变成有钱人。于是，库兹马给狐狸烤了一只肥母鸡。不久，库兹马果然变有钱了，拥有了自己的宫殿，还娶了美丽的公主，狐狸也每天都有鸡吃了。这个故事告诉我们，不要因为眼前的困境而烦恼，而应该开动脑筋通过努力不断地去创造未来，用积极的心态去面对生活。

从前，有个叫库兹马的人，他孑然一身在大森林里苦苦度日，连一件衣服都没有，更别提**被褥**了。

他在森林里设下一个**陷阱**，大清早出门去看，发现一只狐狸掉进去了。他自言自语："等我把这狐狸卖了，我就有钱娶媳妇啦！"

狐狸听见了对他说："库兹马呀，放了我吧！我给你挣一大笔钱，让你变成幸运的库兹马。不过你得用油给我烤一只母鸡，要肥一点儿的。"

库兹马同意了，他给狐狸烤了一只肥母鸡。狐狸大吃一顿鸡肉以后，跑到国王的牧场上去打滚，嘴里说："哈哈！我在国王那儿**大吃大喝**了一顿，要是明天请我，我还去。"

一只狼跑过，问狐狸："你干吗又打滚又嚷嚷？"

狐狸说："我能不打滚不嚷嚷吗？我在国王那儿大吃大喝了一顿，要是明天请我，我还去。"

狼又问狐狸："能不能带我到国王那儿去吃一顿？"

狐狸说："国王哪儿能为你一个**费心**。你找齐四十只狼我就带你到国王那儿去吃一顿。"

狼到森林里去跑了一阵，找齐了四十只狼，再到狐狸这儿来，狐狸就把他们带到国王那儿去了。狐狸抢先一步向国王禀报说："大善人库兹马前来进贡四十只狼。"国王很高兴，命人把那些狼牢牢地圈起来，心想："这个库兹马真**阔气**。"

狐狸跑到库兹马那儿去，叫他再给他烤一只母鸡，要肥一点儿的。狐狸饱餐一顿以后，又跑到国王的牧场上去打滚。

一只狗熊跑过，看见狐狸在打滚，就说："该死的扫帚尾巴，瞧把你撑的！"狐狸说："哈哈！我在国王那儿大吃大喝了一顿，要是明天请我，我还去。"

狗熊问："狐狸，能带我到国王那儿去吃一顿吗？"

狐狸说："国王才不肯为你一个费心呢。你找齐四十只黑熊我就带你去国王那儿吃一顿。"

狗熊跑到橡树林里去，找齐了四十只黑熊，再到狐狸这儿来，狐狸就把他们带到国王那儿去了。

狐狸又抢先一步向国王禀报说："大善人库兹马前来进贡

四十只熊。"国王高兴极了，命人把这些熊牢牢地圈起来，心想："这个库兹马真阔气！"

狐狸又跑到库兹马那儿去，叫他用油烤一只母鸡加一只公鸡，要肥一点儿的。狐狸**痛痛快快**地吃了以后，跑到国王的禁猎林里去**打滚**。

两只紫貂，一公一母，从这里跑过，停下来问："喂，狡猾的狐狸，在哪儿吃得这么撑啊？""哈哈！"狐狸说，"我在国王那儿大吃大喝了一顿，要是明天请我，我还去。"

两只紫貂齐声说："带我们去吧，让我们见识见识也好哇。"

狐狸说："你们找齐一千六百只紫貂我就带你们去。"

一千六百只紫貂找齐了，狐狸带他们到国王那儿去，可自个儿又抢先一步去向国王禀报："大善人库兹马前来进贡一千六百只紫貂。"

国王看见库兹马这么阔，吃惊得不得了。他一面命人把这些紫貂牢牢地圈好，一面想："这个库兹马太阔气啦！"

第二天，狐狸又来见国王，说："大善人库兹马派我来给您请安，并且请国王恩准借一只有箍的桶去量银币。他的桶装着金币呢。"

国王立刻给了狐狸一只有箍的桶。狐狸拿了桶，跑到库兹马那儿去，叫他用这只桶量沙子，把桶磨亮。等桶磨亮了，狐狸找几枚银币塞在桶箍里，拿去还给国王，而且求国王把公主下嫁给库兹马。国王觉得库兹马的钱真多，桶箍里夹着好几枚银币都不要了，便满口答应，叫库兹马准备好就来。

库兹马去见国王。狐狸先走，他**唆使**雇工们把木桥墩给锯断了。等库兹马一踏上那小木桥，他就跟木桥一块儿掉进河里去了。

狐狸大叫："哎呀呀，库兹马掉进河里去了！"

国王听见了，连忙派人把库兹马拉上来。等他们把库兹马拉上来以后，狐狸又叫道："哎呀呀，得给库兹马一件衣服，要好的。"国王就把自己的大礼服给了库兹马。

库兹马跟公主成了婚，在国王那儿住了一个星期又一个星期。最后，国王说："亲爱的**女婿**，我们该上你那儿去做客了。"库兹马没办法，只好同意了。

马套好了，他们出发了。狐狸往前跑，看见牧人们在放羊，就问他们："牧人，牧人！这是谁的羊群？""蛇精的。"他们回答说。

"你们得说是**幸运**的库兹马的。雷王电后要来了，不这么说他们会把你们跟羊群一块儿烧焦！"

牧人们听了很害怕，就答应按狐狸的话说。

狐狸继续往前跑，又看见一些牧人在放牛。"牧人，牧人！这是谁的牛？"狐狸问。"是蛇精的。"他们回答说。

"你们得说是幸运的库兹马的。雷王电后要来了，要是你们说是蛇精的，他们会把你们和牛群一块儿**烧焦**。"

牧人们同意了。狐狸又往前跑，跑到蛇精的马群跟前，叫那里的牧人们也说马群是幸运的库兹马的，否则雷王电后会把他们和马群都给烧焦。

这些牧人也同意了。

狐狸往前跑，一直跑到蛇精的白色**宫殿**里，说："你好，尊敬的蛇精！"

"狐狸，你有什么事？"

"唔，你得赶紧躲起来。雷王电后要来了，他们会把什么都烧焦。你的牲畜和牧人们已经给烧焦了。我连忙跑来告诉你，我自己差一点儿给烟雾呛死。"

蛇精一听发了愁，说："狐狸呀，我躲到哪儿去好呢？"

狐狸说："你的花园里有一棵老橡树，树心都朽空了，你就躲进那树洞里，等雷王电后过去。"

蛇精照狐狸说的躲进树洞里了。

幸运的库兹马与国王和公主同行，他们来到羊群跟前。公

主问："牧人，你们放的是谁的羊？"

"是幸运的库兹马的。"

国王听了很高兴，说："哟，亲爱的女婿，你的羊真多！"

他们继续往前走，来到牛群跟前。公主问："牧人，你们放的是谁的牛？"

"是幸运的库兹马的。"

"哟，亲爱的女婿，你的牛真多！"国王又说。

他们再往前走，看见牧人们在放马。

"是谁的马？"公主问。

"是幸运的库兹马的。"

"哟，亲爱的女婿，你的马真多！"

最后他们来到蛇精的宫殿。狐狸出来迎接，向他们深深地**鞠躬**，引他们进入宫殿，请他们在铺着绣花台布的餐桌旁坐下。

他们开始**饮酒作乐**。宴会持续了一天、两天，直至一个星期。然后，狐狸对库兹马说：

"喂，库兹马！别再闹了，该干正事了。你带着国王到花园里去，那儿有一棵老橡树，橡树里躲着蛇精。你对准橡树射箭，把它**打碎**。"

库兹马和国王一起到花园里去，看见果然有一棵老橡树，库兹马就向它射箭。这下子蛇精的死期到啦。

幸运的库兹马和公主就在这白色宫殿里生活下去，每天请狐狸吃一只鸡。

姐弟俩

姐弟俩在父母过世以后相依为命，不料弟弟喝了羊蹄印里的水之后变成了一只小羊。带着小羊的姐姐无奈之下嫁给一位商人，没想到却被巫婆推下河去。巫婆幻化成姐姐的模样代替姐姐生活，她能骗过别人却骗不过变成小羊的弟弟。弟弟智斗巫婆，不仅救回了姐姐，自己也变回了人形。姐弟俩历经坎坷，但始终都没有放弃彼此，这份情谊令人动容。

从前，有一对儿姐弟俩，父母早早地就过世了，留下他俩**孤苦伶仃**地**过日子**。

姐姐出去干活儿，带着弟弟同行。他俩走出去好远好远，弟弟渴了，对姐姐说："姐姐，我想喝水！"姐姐说："好弟弟，等我们走到井边你再喝吧！"

太阳升高了，天气热得很，弟弟出汗了，可就是看不见井在哪儿。他看见牛走过留下的蹄印里面有水，就说："姐姐呀，我就喝这牛蹄印里面的水吧！"

"不行，不行！"姐姐说，"喝了牛蹄印里面的水，你会变

成一头小牛！"

弟弟听了姐姐的话，继续往前走。

太阳**热辣辣**地照在头顶上，弟弟出汗不止。他看见马走过留下的蹄印里面有水，就对姐姐说："姐姐，我就喝这马蹄印里面的水吧！""不行，不行！"姐姐说，"喝了马蹄印里面的水，你会变成一匹小马！"

弟弟叹了一口气，只好跟着姐姐向前走去。

太阳像火一样烤着他们，并连影子也没有。弟弟看见羊走过留下的蹄印里面有水，实在忍不住，就喝了下去，立刻变成了一只小羊。

姐姐回过头来叫弟弟，发现只有一只小羊跟着她，急得坐在地上大哭。这时候，一个商人走过来问她哭什么，她便把自己的不幸告诉了那个商人。商人说："你嫁给我吧，我让你**穿金戴银**，还让小羊跟咱们一块儿生活。"

姐姐**左思右想**，只好答应嫁给这个商人。

他们三个在一块儿过日子，弟弟和姐姐用同一个碗吃饭、喝水。

有一天，商人出门去了，不知从哪儿来了一个巫婆，在姐姐的窗户底下**甜言蜜语**地哄姐姐去河里洗澡。

姐姐跟巫婆去了。刚走到河边，那巫婆就拿一块大石头压在姐姐的脖子上，把姐姐推下河去，然后自己变成姐姐的**模样**回屋里来。别人都没认出姐姐是假的，商人回来了也认不出，只有小羊心里明白。小羊低着头不吃也不喝，一早一晚总到河边去叫："我的姐姐呀，你快上来吧！"

巫婆知道以后，就叫商人把小羊宰了。商人起初不肯，可是巫婆天天跟他磨叨，最后他只好同意了。

巫婆叫人架起柴堆，安上一口大铁锅，又叫人磨刀。小羊猜到巫婆想干什么，就对商人说："她宰我以前，你让我先到河边去喝点儿水清清肠子。"

小羊跑到河边去凄凄惨惨地叫姐姐上来救他。姐姐在河里对弟弟说："我脖子上压着一块大石头，脚上缠着水草，身上压着泥沙，上不来呀！"

巫婆找不着小羊，派仆人出去找。仆人走到河边，听见了姐弟俩说的话，就回去告诉了商人。商人叫了一些人到河边撒网，把姐姐从河里拉上岸来，用泉水洗净她的身子，给她穿上漂亮的衣服。姐姐活了过来，看上去比以前还要美。

小羊高兴得翻了三个筋斗，转眼之间又变回了小男孩。

人们把巫婆绑在马尾巴上，让马把她拖到野地里去了。

三条忠告

 "永远不要走捷径；永远不要对可能是坏事的事情好奇；不要在仇恨和痛苦的时候做决定。"这是老板对年轻人在回家旅程中的三条忠告。年轻人果然凭借这三条忠告平安地回到了家，并消除了误会，和妻子幸福地生活在一起。

一对儿新婚夫妇生活贫困，要靠亲友的接济才能生活下去。一天，丈夫对妻子说："亲爱的，我想离开家，要到很远的地方找一份工作，直到我有条件给你过一种舒适、体面的生活才会回来。我不知道会去多久，我只求你一件事，等着我，我不在的时候要对我**忠诚**，我也会对你忠诚的。"很多天以后，他被一个庄园录用了，并和老板签好了**协议**。

此后，这个年轻人在那里一工作就是 20 年，中间没有休假，也很少休息。

一天，年轻人对老板说："我想拿回我的工钱，我要回家。"老板说："好吧，我会按照协议办事的。不过我有个建议，要么给你钱，你回家；要么给你三条**忠告**，不给你钱，然后你回家。你回房间好好想想再给我答复。"

年轻人想了两天，然后找到老板说："我想要你那三条忠告。"老板提醒说："如果给了你忠告，我就不会给你钱了。"他还是说："我想要忠告。"

于是老板给了年轻人"三条忠告"：

第一，永远不要走**捷径**，便捷而陌生的道路可能会要了你的命。

第二，永远不要对可能是坏事的事情好奇，否则也可能会要了你的命。

第三，不要在仇恨和**痛苦**的时候做决定，否则你以后会后悔一生。

老板接着说："这里有三个面包，两个给你在路上吃，另一个等你回家后和妻子一起吃吧。"

就这样，这个年轻人踏上了回家的路。一天后，他遇到了一个人，那人问他："你去哪儿？"他回答："我去一个沿着这条路要走二十多天的地方。"那人说："这条路太远了。我知道一条捷径，几天就能到。"年轻人高兴极了，正准备走捷径的时候，想起了老板的第一条忠告，就回到了原来的路上。

后来，年轻人得知那个人让他走所谓的捷径完全是个圈套。

几天之后，年轻人走累了，发现路边有家旅馆，他打算住一夜。付过房钱之后，他躺下睡了。睡梦中他被一声惨叫惊醒，他跳了起来，正想开门看看发生了什么事，忽然想起了第二条忠告，于是，回到床上继续睡觉。原来，店主的儿子有疯病，他经常大叫着引客人出来，然后将客人杀死埋掉。

年轻人接着赶路，终于在一天的黄昏时分，他远远地望见了自己的小屋，也看清了妻子不是一个人，还有一个男子伏在她的膝头，妻子抚摸着他的头发。看到这一幕，他的内心充满了仇恨和痛苦，想跑过去杀了他们。他深吸了一口气，快步走了过去。这时他想起了第三条忠告，于是停下来，决心在原地露宿一晚，第二天再做决定。天亮后，已恢复了冷静的他对自己说："我不能杀死我的妻子，我要回到老板那里，但在走之前，我想告诉我的妻子我始终忠于她。"

年轻人走到家门口敲了敲门，妻子打开门，认出了他，扑到他的怀里，紧紧地抱住了他。他想把妻子推开，但是没有做到。他眼含泪水，对妻子说："我对你是忠诚的，可你背叛了我……"

妻子吃惊地说："什么？我从来没有**背叛**过你，我等了你20年。"

年轻人说："那么昨天下午你爱抚的那个男人是谁？"

妻子说："那是我们的儿子。你走的时候我刚刚怀孕，今年他已经20岁了。"

丈夫走进家门，拥抱了自己的儿子。在妻子忙着做饭的时候，他给儿子讲述了自己的经历。

一家人坐下来一起吃面包时，他把老板送的面包掰开，发现里面有好多枚金币——那是他20年**辛辛苦苦**劳动得来的工钱。

煎 鸡 蛋

> 旅客来到一家旅店，他惦记着去年欠店主的两只煎鸡蛋的钱还没付，想把欠的钱一起补齐。没想到店主算到蛋会孵小鸡，小鸡又会下蛋……就这样算出了欠钱五百个比塞塔，旅客不肯付钱，店主就要把他告上法院。这位旅客也不知道该怎么办，直到他遇上一个牧羊人……

从前，有位旅客来到一家旅店，向店主要点儿吃的。店主给他煎了两只鸡蛋当晚餐。临走时，旅客一时疏忽，竟忘了付账。

一年以后，旅客又来到了这家旅店。一见店主，两人就像老朋友似的招呼起来。他又向店主要了些吃的，在付当日的账时，他对店主说：

"唉！你忘了，去年我还欠你两只鸡蛋的账呢？我该付你多少钱？"

"慢着！"店主人说，"这可得好好算一算，那两只鸡蛋本来可以孵出小鸡来，而鸡又会下蛋……"

最后，算下来要他付五百个比塞塔。旅客不肯付这么一大笔钱，店主就**威胁**说要带他上法院去。旅客害怕起来，跑出了旅店。路上他遇见了一个牧羊人。

　　"您怎么啦？怎么吓成这个样子？"牧羊人问他。

　　"天哪！您知道我碰上什么事了？一年前，我在一家旅店吃了两只煎鸡蛋，现在我来**付账**，店主却要我付五百个比塞塔。他说，那两只鸡蛋本来可以孵出小鸡来，而鸡又会下蛋……他还说，他要上法院去告我。"

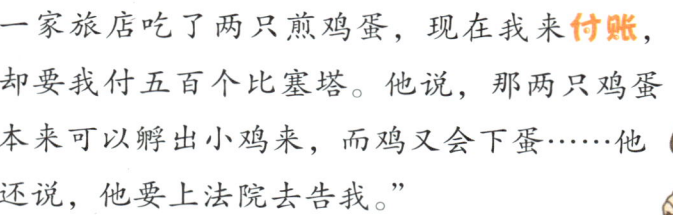

　　牧羊人说："没什么，没什么，让他去告好了！你告诉我，什么时候开庭？

不管怎么样，我会替你**辩护**的。"

"那么，明天十一点钟，我等你。"

第二天，法官、店主和旅客来到了法庭，时钟已敲过十一点，却不见牧羊人来。大家都在等他，一直等到一点差一刻，法院快要关门的时候，他才进来。

"你好！"

"你好！"法官回答说，"你知道你来晚了吗？开庭的时间是上午十一点。"

"法官大人，请原谅，我刚才在煮一锅豆子，等打完官司，我好去种。"

"**岂有此理**！"法官说，"我从来没听说过煮熟的豆子还会发芽！"

"就是嘛！我也是这么说，煎过的鸡蛋哪里还会孵出什么小鸡来呢！"

猪圈里快乐的公主

自己因为什么而快乐永远只有自己最清楚。也许有些人的快乐在于过公主般的生活，但漂亮的公主伊莎并不这么认为。有一天，伊莎终于扔掉了王冠，她不想再当公主了。国王气得下令把她扔进了猪圈。国王本以为伊莎会嫌弃这脏兮兮的地方，没想到她清理猪圈、喂猪，过得很开心。国王终于妥协了，以后伊莎也可以做一位常去猪圈干活儿的公主了。

在一个偌大的城堡中，有一个漂亮的公主叫伊莎。

她每天穿着漂亮的衣服，戴着**金光闪闪**的王冠，还披着卷卷的头发。每天都有仆人为她梳起那长长的卷发，在她玩耍的时候还会有六个女仆专门保护她的安全。

别人都认为她是世界上最**幸福**的小孩了，可是公主伊莎却不这么认为，她每天都显得很不开心。

"宝贝，你是世界上最幸福的小孩。"王后总是对她说这句话。

一天早晨，伊莎从床上跳起来，大声喊道："我再也不想当

公主了。真无聊!"

　　然后,她摘下自己的王冠,扔到了窗外的金鱼池里。随从迅速报告了国王。"把你的王冠捞上来!"国王命令道。

　　伊莎说:"我不要!我不要当公主!公主不能做任何好玩的事情!"

　　国王气得头发都竖起来了,立马**吩咐**随从道:"在她把王冠从金鱼池里捞上来之前,带她去猪圈!"

　　于是,随从们带着伊莎去了猪圈……

　　伊莎开始喂猪,清理猪圈。小猪们用**粉嘟嘟**的鼻子轻轻地

拱她。三天后，国王来看她，故意**调侃**道："伊莎，你看起来脏脏的。"

"是呀。可你知道小猪吃土豆吗？"伊莎摸了一下自己杂草般的头发。

国王大叫："我给你最后一次机会，去把你的王冠从金鱼池里捞上来。"

"我才不要！"伊莎喊道，"我更愿在猪圈里帮忙！"

当夜晚**降临**的时候，国王把女儿的王冠打捞上来，然后，他去猪圈里找她。

国王和伊莎并肩坐在一起，国王说："你**脏兮兮**的，可你看上去很开心！"

"是的，父王！"伊莎开心地说，"这是我一生中最快乐的时光！"

"好吧。"国王叹了口气说，"这是你的王冠，你想回来的时候，就回来吧。我想你！""父王，我随时可以戴王冠。"伊莎说，"也许我可以在摘蓝莓的时候戴。您知道蓝莓可以做酱吗？"

"我不知道。"国王说，"但你可以做给我尝尝。"

国王亲了亲女儿脏兮兮的脸颊，女儿亲了亲他的鼻头。然后他们手垒手回了城堡。

后来，伊莎还是会经常去猪圈里干活儿。

圣诞袜的由来

落魄的贵族没钱给女儿买嫁妆，非常沮丧。圣人尼古拉斯看女孩们心地善良，就趁她们睡觉的时候往烟囱里投下三小包黄金，刚好掉在女孩们的长筒袜里，足够她们买嫁妆了。这就是圣诞袜的由来。从此以后，孩子们都继承了悬挂圣诞袜的传统，他们晚上将自己的袜子挂在床头，等待着第二天的礼物。

从前有一个心地善良的贵族，他的妻子因病去世，抛下他和他的三个女儿。

这个贵族尝试了不少发明，都失败了，也因此耗尽了钱财，所以他们不得不搬到一家农舍里生活。他的女儿们也只得亲自烧煮、缝纫和打扫。

一晃几年过去，女儿们陆续到了出嫁的年龄，父亲却变得更加沮丧，因为他没钱给女儿们买嫁妆。

一天晚上，女儿们洗完衣服后将长筒袜挂在壁炉前烘干。圣人尼古拉斯知道了她们父亲的境况后，就在那天晚上，来到她们的家门前。他从窗口看到一家人都已睡着了，同时也注意到了女孩们的长筒袜。

随即，他从口袋里掏出三小包黄金从烟囱一个个投下去，刚好掉在女孩们的长筒袜里。

第二天早上，女儿们醒来发现她们的长筒袜里装满了金子，足够供她们买嫁妆了。这个贵族也因此能亲眼看到他的女儿们**结婚**，从此，他们便过上了幸福快乐的生活。

这就是圣诞袜的由来了。从此以后，世界各地的孩子们都继承了悬挂圣诞袜的**传统**。有些国家的孩子则有其他类似的风俗，如在法国，孩子们将鞋子放在壁炉旁。

最早的时候，圣诞袜是一对儿红色的大袜子，大小不拘。因为圣诞袜是要用来装礼物的，所以，装的都是小朋友最喜欢的东西。晚上，他们会将自己的圣诞袜挂在床边，**等待**第二天早上的礼物。

三兄弟与长鼻子公主

从前，有三兄弟从祖母那里继承了遗物，他们各自得到了一件有特异功能的宝贝。大哥在外肆无忌惮地使用宝贝引起了公主的注意，公主慢慢发现了三兄弟的秘密并骗走了他们继承的宝贝。三兄弟还能拿回属于自己的东西吗？

从前，有三兄弟，住在乡下，他们三个人从不曾离开过村庄，一直很欢乐地生活着。忽然，有一天，祖母死了，留下了三件宝贝，分给每个人各一件。

于是，他们三个人到祖母家里领取遗物，但是他们并不知道这些宝贝是做什么用的。大哥卡鲁洛得了一个空空的钱袋，二哥亚厄它诺得了一个叫笛，祖母最疼爱的小孙子开资允诺就得了一件旧外套。

"要是这个钱袋子满满装着金币的话，那是多么好哇！"卡鲁洛说。果然钱袋子马上膨胀起来，几乎要撑破袋口似的，里面满是金币。

"啊！哎哟！"二哥叫起来，"大哥这一下用不尽了。"亚厄它诺跟着拿起叫笛一吹，突然许多军队出现在前面的路上向亚厄它诺**敬礼**，听候指挥。

"你们要我干什么呢？"亚厄它诺问。

"我们是等待阁下指挥哩！"兵士们说。

"唔！现在我没有什么事要用你们，可是总有一天会需要你们的。"

亚厄它诺说着又把叫笛一吹，兵士通通不见了。亚厄它诺看了十分惊奇，他被弄得神魂不定，开始幻想着要做一位**英雄豪杰**了。

"那么我也穿起外套试一试吧！"三弟开资允诺说着把外套披在身上，一瞬间就不见了。

"你到什么地方去啦？"哥哥们问。

"我没有到什么地方去，还在这儿啊！"

"你哪里在这儿哟。"

说话之间，外套从肩上滑下，哥哥们才又看见了弟弟。

"唔！我这件外套真是奇怪呀！将来总有一天会需要它的。"弟弟说，"可是我们千万不要把有魔法的东西告诉人家呀。"

两个哥哥都很赞成这个意见，约好大家严守秘密。

卡鲁洛这家伙真没有定力，他有了钱，就非花掉不可。一到了城里，他就大赌特赌，虽说常常输得很厉害，他却**毫不在意**。需要钱的时候只要他一想，钱袋子马上会装满金币，他就什么也不顾了。于是，城里盛传他是世界上最富有的人。

国王的公主听到了这个消息，便派了一位使者去迎接卡

鲁洛。

"啊！公主要认识我吗？这是我一生最大的光荣啊！"卡鲁洛非常高兴而又**荣耀**地说。

卡鲁洛到了王宫，备受优待。这一晚他带了许多的钱和公主打纸牌，每一回都被公主赢了。卡鲁洛总是很随便地笑着说："不要紧，金库里还有许许多多的钱哩！"

卡鲁洛不过是个粗野的农人，然而公主却装出一副很佩服他的样子。在两三个礼拜之后，居然要和卡鲁洛订婚了。

卡鲁洛受到这样大的荣宠，自然以为不妨把家传的秘密告诉公主，在谈闲话的时候，直接就把钱袋子递给公主看了，可是卡鲁洛的钱袋子还没有拿回，他就被监禁在宫中的牢狱里了。

幸亏卡鲁洛的衣袋里还有两枚金币，于是，他**贿赂**了守狱的兵士去把他现在的情形告诉他的兄弟。亚厄它诺知道了这件事，马上吹起叫笛，带着变出来的军队向公主的宫殿出发，他的军队比公主的勇敢百倍，马上就包围了宫殿，宣言不把卡鲁洛交出来，就要破坏整个宫殿了。

公主没有办法，只好放了卡鲁洛。卡鲁洛气得涨红了脸回到乡下。

"我已经打胜她了，我要问她要回那个钱袋。"亚厄它诺说着就去见公主。开资允诺也跟着哥哥一块儿同去，因为他穿了那件旧外套，所以谁也看不见他。

公主看见那军队的大将不过是一个粗野的农人，便惊奇地猜想他也一定有什么秘密，于是便假装很**恭敬**地对他说了许多好话："卡鲁洛的入狱，实在不是我的过失，我才认识他不久，他就向我求婚，这不是太冒昧了吗？可是，你就和卡鲁洛大不相同了。你是这样一个伟大的人，一定得有一个很大的宫殿，给所有的军队驻扎才行啊！"

"我吗？宫殿是用不着的，我的军队一听到我的命令，马上就涌出来，我把叫笛一吹，喊一声'立正'，军队就出现在面前了；当我不需要的时候，再把叫笛一吹，喊一声'休息'，他们就消失了，用不着那麻烦的宫殿。"

亚厄它诺被甜言蜜语所惑，不觉滔滔地把**秘密**说出来了。

"这个叫笛真是宝贝呀！你肯给我看一看吗？"公主不客气地问。

站在旁边的、谁也看不见的开资允诺，急忙推了一下亚厄它诺的膀子，要他留神，但是没有来得及，亚厄它诺已经把那重要的叫笛交给了公主。公主把叫笛一吹，宫里马上都布满了军队。

"把这个男人捉住。"公主命令军队说，"他是个叛国贼。"

军队只认吹叫笛的是主人，所以马上捉住亚厄它诺，把他拉到地牢里去了。

人们看不见的开资允诺依然留在宫里，他到处寻找钱袋子，可寻不着。叫笛仍在公主手里，有许多的军队围拢着护卫她，开资允诺怎么也不能走近公主。公主正在对兵士说话，夸奖他们的服装、剑和短刀等等。

开资允诺没有办法，想着等军队退散了，先回乡下去。他正要出宫殿的时候，却不幸被公主的侍女撞了一下。侍女心里想：在**青天白日**之下，哪有被一种看不见的东西撞着的道理？于是，她**大惊失色**地喊起来。

开资允诺便很和气地对她说:"唔!你不要叫,我是不会伤害你的,假如你能够告诉我哥哥的钱袋在什么地方,再把公主手上的叫笛拿给我,我一定送许多许多你没有见过的金币给你。"

但是,侍女吓得**魂飞魄散**,没有听见开资允诺所说的话。她跑到公主面前说,有一个看不见的男人来暗杀公主。

"又有一桩怪事来了!"公主害怕地说,随即马上吩咐兵士关闭宫门。

后来,开资允诺的脚步声被兵士们给听见,他们就跟着脚步声追寻。开资允诺为了避免被捉住,就很**敏捷**地跳到椅子上、桌子上或爬到床铺里面。

公主寻得很疲倦,兵士们又把宫内的器具**翻来覆去**地弄乱了,公主恼起来便拿叫笛一吹,把兵士遣散,自己回到房间里去,同时,开资允诺也跟着进来了。

公主横卧在床上,开资允诺就坐着,想等待公主熟睡后去取回钱袋子和叫笛。可是,他不知不觉地也打起瞌睡来,又因为房里太热,他忍不住解开外套的纽扣,露出了一点儿胸口。

公主这时还没有真正睡着,她看见了凭空出现的胸口便跳了起来,立马跑到开资允诺的旁边,一把抢走了那件外套。啊!可怜的开资允诺被公主看见了,可他除了很愤怒地握着拳头以外,一点儿办法也没有了。

他发狂地想扑过去抢回外套,但是,又怕公主一吹叫笛,房子里都是兵士,自己会被监禁到牢里去,便转身走到窗前。然而公主已经吹起叫笛,马上满房间里都是武器铿锵的声音。

开资允诺拼命地打开窗户跳出去，在公主胜利的笑声里，跑到街上去了。

开资允诺一路**愤愤不平**，同时又为自己的命运而**悲痛欲绝**。他慢步走向乡下。他一面走一面心里思量。走了几个钟头又几个钟头，不觉肚子饿起来了。

这时候，有一个没有主人的花园，长了许多很大的青色的无花果，触着他的眼帘，他便跑进去，摘了许多吃了个饱，觉得非常好吃。

"真是怪事，正月就有无花果了，我总算是幸运哪！"他说着又吃了好几个。

他吃得肚子十分饱胀，脸上不知怎的感觉很奇怪，他看见自己的鼻子渐渐地变长，长得好像手臂似的，再过一会儿，更长得几乎拖到地了。

可怜的开资允诺非常**恐慌**，他想，这一定是擅取没有主人的无花果所受的惩罚。他叹了一口气，决定以后永远住在这个花园里，因为他觉得这种样子没法儿见人了。

过了一段时间，他又饿了。他发现在园子里的另一片地上，有许多小小的紫色的无花果，他想："这个大概没有什么害处吧！"

他便谨慎地托着那又长、又重、又大的鼻子，走到那里摘取小小的紫色无花果来充饥。可是，真奇怪，长长的鼻子渐渐缩小，恰好小到原来的样子了。他高兴得跳起来说："这无花果真稀奇哟！"同时他又想："啊！真的救了我啦，我又可以出去见人了。"

　　开资允诺是个很**机警**的男子，他马上拿了两个篮子来，摘满了一篮大的青无花果，又摘了一篮小小的紫色无花果。然后，他装作一个乡下的老公公，提着那篮满满的青无花果到街上去叫卖。

　　"无花果！有无花果卖！"开资允诺一面走一面喊。

　　街上的人听见卖无花果，都拿钱出来要买。开资允诺说："正月里的无花果，你们想拿两个铜子就买到手吗？对不起了，不拿金币来，我是不卖的。"

　　"卖无花果，好吃的无花果！"开资允诺又来到公主卧房外的窗下大声喊。

　　"五个金币，统统卖给你吧！"开资允诺说。

　　"都买了吧！"公主说。

　　开资允诺卖完以后，忍不住笑着离

开了。

到了第二天早上，城市里遍传公主和一些侍女们得了一种奇怪的重病。这一整天，各种医生来来往往，出入宫廷，不停地查看医书，用尽脑汁去**思考**对症的药。

公主虽然吃了许多黑的、红的、青的药，**依然**毫无效果。公主躲在房里，不愿意露面，因为她长了一条足足有六尺长的鼻子，只好整天睡在床上。那长长的鼻子放在绣花被上，好像摆着一根棍子。

不久，有一位新的医生来请求给公主看病。这是开资允诺化装的。"我有一种法子，可以医治这种新奇的病症。"新医生说。"那么，请你先把侍女医好，我才放心让你医治。"那蛮横成性的公主回答。

于是这位假医生走到侍女的房里去看病，侍女因为自己变成这个怪样子，正在很伤心地啜泣。

"我有医治鼻子的法术，但我要先得到你的谢礼。"开资允诺说。"好的！我所有的东西随便什么都可以送给你。"侍女说。

"不，这些东西不好，你得把公主抢来的钱袋、叫笛和外套拿来当作礼物，可是你千万不要把这件事告诉公主。"

于是，侍女拖着长鼻子到公主的房里，坐在床边，**唠叨**地说些怨恨、后悔的话。

"你到那边去吧！你到那边去吧！房里有了我和你的两个长鼻子还有余地吗？喂！你走开呀。那个庸医真不会医好你的鼻子的。"公主说。

但是，侍女装作整理枕头的样子站了很久。她虽然这里、

那里地翻弄，寻找那放在被窝里的宝物，但因为公主一直很警觉地注意着她，她只偷到了一个叫笛。

开资允诺接过叫笛说："这个东西，可以作为酬报我的礼物了。"

他把紫色无花果制成的糕饼给侍女吃下去，她的鼻子马上缩成原来的样子了，开资允诺**吩咐**她休息一下。他又到公主房里说："我现在替公主医治吧！"

"不，不，非得要等我放心以后，才可以请你医治，刚才我的侍女到这儿来，我看见她还没有完全好呢，请你再把男侍者医好吧！"

男侍者经过医治，马上恢复成了原来的鼻子，他高兴得跳起来，在医生的周围手舞足蹈。侍女听见跳舞的声音，也跟着跳起来，两个人一块儿跳到公主的房里。

公主看见他们两人的鼻子都被治好了，便**嫉妒**得几乎发狂似的大声说："请你也替我医治吧！现在马上替我医治吧。"

"好的，可是得先得到你的谢礼，我才能为你医治。"开资允诺说。

"啊！随你喜欢什么都给你吧。"

"那么，请你把钱袋和外套送给我吧。"

"哎哟！你是那个男人吧。没错！我好像见过你。"公主指着开资允诺迟疑地大声叫，"不成，不成，不成！"

"你说'不成'吗？那好吧！"

开资允诺说着把剩下的妙药交给侍女，叫她拿去给昨天吃了从窗口扔掉的青无花果的马夫吃。然后，他拿出叫笛一吹，军队又现出来，重重围着公主。公主只好妥协道："喂！都拿去吧！"随后便把外套和钱袋扔给站在军队后面的开资允诺。

公主马上又对开资允诺说好话："我很**佩服**你对付我的手段。我对你比对你的哥哥们实在要敬重得多。你如果肯医治我的鼻子，我想你一定觉得我做你的妻子是很适合的。啊！快点儿！快点儿为我医治吧！要是没有这可怕的鼻子，我真是一个美丽的女子！"

"公主！奇效的药，已经一点儿都没有了，刚才剩下的一点儿，不是给了公主的马夫吃了吗？这些兵士们马上要去救亚厄它诺哥哥了。我现在领回公主先前不应该取的三件宝物，就把这微小的礼物——这个在世界上无论哪个公主都不能用来**炫耀**的长鼻子献给公主吧！"开资允诺略带讥诮地说。

就这样，那六尺长的鼻子永远地长在了公主的脸上。那三兄弟后来离开了这个国家，不知到什么地方尝试新的**冒险**去了。

长脚考尔特

有一对儿夫妻一直没有孩子，他们想要有一个为他们养老送终的人。有一天，遇到的兔子告知他们会有自己的孩子。九个月后，这对儿夫妻果然有了一个孩子，瘦得像棍子，长着特别长的脚，跟其他小孩都不一样。但他们很珍惜这个来之不易的小孩，不允许别人用异样的眼光看待他。后来，这对儿夫妻阳寿已尽，双双离世。这个孩子在埋葬了他们以后就走了，再也没人知道他的消息。

从前，有一对儿夫妻生活在爱尔兰的**丰饶**之乡，结婚二十多年没有孩子。一天早晨，丈夫戴姆德到野外去打野兔。地上下了一层厚厚的雪，空中飘着浓浓的雾，两米之外什么也看不见。虽然戴姆德对方圆一里之内的每一寸土地都很熟悉，但他还是迷失了方向。他想到田边的松树林里去，那里常常有兔子出没。

他走哇走哇，一连走了几个小时，还是没有找到田地的边缘。最后，他想回家去，可回家的路也找不着了。他走得**筋疲力竭**，便坐下来休息。忽然，他看见一只老兔子一蹦一跳地向他跑来。他举起手想打死他。可是，兔子往旁边一跳，说："住手，戴姆德！别打死你的朋友！"

戴姆德被吓得晕了过去。当他苏醒过来时，那只黑兔子站在他面前，对他说："别害怕！我不是来伤害你的，而是来帮助你的。你迷了路，因为你误上了迷岗。如果不是我同情你，你一定会被冻死在雪地里。你很清楚，你杀死了很多我的同类，他们却没**报复**你。甚至在你干了那么多伤害我们的事情后，我还为你做好事！告诉我，什么是你最大的心愿？除了天堂，无论你想要什么，我都能帮你得到。"

戴姆德考虑了一会儿，说："我已经结婚二十多年还没有孩子。我和我的妻子将来身边连个**养老送终**的人都没有。因此，生一个孩子就是我和我妻子的最大心愿。可是我担心我们已经太老了。"

"不，"兔子说，"从今天起，几个月后你妻子就会生一个儿子，他的模样将是全世界独一无二的。现在，你跟着我走，我把你领回家去。今后无论遇到什么事情，你都不能告诉任何人你见过我。另外，你还要答应我，从今往后你再也不杀死一只兔子！"

"我答应你。"戴姆德说。当戴姆德回到家时，妻子罗伊莎问他："你在哪儿待了这么一整天？看把你冻得发僵，饿得半死的样子。"

"我误上了迷岗，找不着路了。不过我告诉你，从今以后只要我活着，我再也不去打兔子了。"这话叫人听了真是**莫名其妙**！

从此以后，除了孩子，戴姆德别的什么也不想。当他发现他的妻子真的要给他生一个孩子时，他简直就是世界上最幸福的人了。邻居们看见罗伊莎怀了孕，都感到十分**惊奇**，因为她已经五十岁开外，她的身体又干瘪得像个七十岁的老太婆。大家都**谈论**着罗伊莎和戴姆德。

九个月后，罗伊莎果然生了一个小儿子。他有四英尺长，瘦得像一根棍子，长着两只特别长的脚。女人们无论老的还是少的，都感到惊讶不已：她们还从未见过像这样的新生儿呢！戴姆德请她们喝酒，她们就不住地夸奖孩子，直到把酒全部喝光。可是过后，她们又说起坏话来。

"他为什么叫小戴姆德呢？"一个喝醉了的老太婆问。"我看哪，"另一个上了年纪的女人说，"应该叫他考尔特·科斯哈达（细长脚）！""那我们就送他这个名字吧。"第一个女人接着说。罗伊莎听见她们的话，气得不得了。她把戴姆德叫来，小声告诉他，那几个女人在暗暗地**讽刺**小戴姆德，他应该把她们从屋子里赶出去。

戴姆德向那几个女人冲去，要把她们赶走。于是，在戴姆德和那几个老女人之间，发生了一场在丰饶之乡还从未有过的无休无止的谩骂和争吵。但是，"长脚考尔特"这个名字从此以后还是牢牢地粘住了小戴姆德。

小家伙长到十岁的时候，身高已经超过六英尺。可是他的身子瘦得像根钓鱼竿，他的脚从踝骨算起足有一英尺半长，像大拇指一样细。在整个爱尔兰，没有一条猎犬跑得有他那么快。他很少走出家门，因为大家总取笑他。二十一岁时，他的身高已经超过七英尺半，但他的身子并没有比十岁时长壮多少。他吃得很多，喝得也不少。大家都说他根本不是正常人。说不定他连内脏也没有。然而，在戴姆德和罗伊莎看来，全国没有一个像他们的儿子这么**漂亮**的小伙子。他们认为，只要停止长个儿，他就会长粗、长胖，身上的肉也会多起来。不过，这种情况并没有出现。

一天，考尔特同他父亲一起去泥煤田挖泥煤。忽然，他看见一只兔子在前面跑，一只黄鼠狼在后面追，眼看就要追上了。兔子拼命地大声叫喊。考尔特跑过去，赶在黄鼠狼前面捉住了兔子。黄鼠狼顿时大怒，向他发起**攻击**。黄鼠狼向考尔特的眼睛吐唾沫，弄瞎了他的右眼，随后便消失在一个泥煤堆里。

在考尔特同黄鼠狼**搏斗**的时候，兔子一直藏在考尔特的怀里。黄鼠狼跑走以后，兔子说："谢谢你救了我的命，考尔特。

但是，你自己也有危险，黄鼠狼是一个女巫。你只剩下了一只眼睛，但是没关系，你把你的手伸进我的右耳朵，就会发现一小瓶油。你把瓶里的油往眼里涂上一些，你的眼睛就会复明，同原来一样。"

考尔特照他说的去做，果然**恢复**了视力。兔子接着又说："那么现在你放我走吧，如果你要帮猎人找兔子，就到湖岸边的灯芯草滩去找，我在那里。世界上没有一只猎犬能追上我，只有你一个人能追上，但是不要把我交给猎犬或猎人！另外，你今天夜里要小心！黄鼠狼会去找你的，如果你不把布里吉德家的公猫抱到床上放在自己的身边，他就会咬断你的喉咙。到时候你会听到黄鼠狼的声音说：'我是布里吉德家吃肥肉的大公猫。'你一听他说过三遍，便把公猫放开，这样你就**脱离**了危险！"

考尔特放走了兔子，回到家里。他把这一切都告诉了父亲。"啊哈！"父亲说，"那兔子是你最好的朋友！听从他的忠告吧！不过要注意，这事千万别告诉邻居！免得给他们留下话柄！""我没有那么傻，"考尔特说，"自打出生起我就不是个嘴巴不牢靠的人。不过，我也要请求你，这事一个字也不能告诉我妈。"

傍晚，考尔特到布里吉德家去借猫。当他走到她家**附近**的时候，他发现一只狐狸偷了布里吉德的一只鹅，就赶快追上去。眼看他就要追上了，狐狸丢下鹅，钻进一片小树林。考尔特把鹅送给布里吉德，说："狐狸把他抓走了，我又把他夺回来了。"

"谢谢你，"布里吉德对他说："你有什么事吗？你可是稀客呀！""我想请你把你家的猫借给我。我们家的面袋都被老鼠咬破了。""把他抱走吧，"她说，"什么时候把你家的老鼠捉完了，再把他还给我。"

考尔特把猫抱回家，放在床上。可是他一点儿睡意也没有。将近午夜的时候，他听见了那支歌："我是布里吉德家吃肥肉的大公猫。我是布里吉德家吃肥肉的大公猫。我是布里吉德家吃肥肉的大公猫。"

唱到第三遍时，那声音离他已经很近了。这时，公猫突然跳起来说："你这撒谎的女妖！不是我，而是你偷吃了大肥肉！"他扑上去抓住黄鼠狼。于是一场搏斗开始了。还从来没人听到过这样激烈的撕咬、抓挠和尖叫声呢！

战斗一直持续到天发亮。黄鼠狼离开战场，钻进了一个洞里。可怜的公猫身上的皮和毛都被咬光了，考尔特给他涂了在兔子耳朵里找到的那种油，治好了他的皮毛。

又一天，丰饶之乡举行一次大规模的围猎，一只鹿跑到了那里。当时，考尔特正在田里干活儿，看见一只鹿被猎狗和骑马的人追赶着跑过来，他也追了上去。一个猎人对他说："如果你能在鹿过河之前把他赶回来，我送你一枚金币。"考尔特很快就追上了鹿，把他赶了回来。猎人给了考尔特一枚金币。

那只鹿又朝湖边跑去。当猎狗追上他时，他跳进水里，向对岸游去。猎人们追到岸边，说："鹿已经跑远了。我们今天再也找不到他了，他逃进树林里去了。"

考尔特听了他们的话，说："我敢用我的脑袋打赌，赌十个便士，在鹿跑到树林之前，我还能把他赶回来。如果你们同意的话，就在这里等半个小时。""好吧，"他们说，"我们等半个小时。"

于是，考尔特用尽全身力气往树林的方向追去，很快就追上了那只鹿，又把他赶回了岸边。猎人们看见了惊奇不已，他们说考尔特是个小妖怪。

大约一个星期后，考尔特去泥沼地打牛草，半路上又遇见了那些猎人。他们问他看没看见一只兔子。"没有，"他回答说，"不过我知道哪儿藏着兔子。""那你去帮我们找吧，"一个猎人说，"我们给你一双鞋做报酬。""鞋我不需要，"考尔特说，"你们给我两条裤子吧。""同意。"他们说。"那就先给我吧。"考尔特说，"上个星期你们答应给我十个便士，结果没有给。我也不是个傻瓜！"

于是，他们给了考尔特买裤子的钱，考尔特走到湖边的灯芯草滩，找到了兔子。猎犬和猎人们在后面追兔子，但是怎么也追不上。到了第六天，他们说考尔特是个魔法师，给他们赶出来的是一只被施了魔法的兔子。考尔特说："要是你们这么认为，那你们自己去找一只其他的兔子吧。"猎人们气得想抓他，可他太敏捷，谁也抓不住。猎人们跟在考尔特后面，一直追到他家里，要求他的父母把他交出来。"考尔特怎么你们啦？"父亲问猎人。"他是一个小妖怪。"猎人回答。

罗伊莎听见了，赶快跑过来，向他们保证，她的儿子绝不是妖怪，但是无论她怎么说也没用。猎人们大声叫嚷，如果考尔特不出来，他们就把房子烧掉。考尔特听见他们要烧房子，急忙从屋里冲出来，用铁锹把他们打倒在地上。

一天，戴姆德按照惯例在泥煤田挖煤，二十年前他迷路时遇到的那只老黑兔又出现了。"喂，"他开口说，"我来通知你，你和你妻子的阳寿都快尽了。如果你们还有什么后事要安排，那就快办吧。你们最多只能活一个星期！""那考尔特怎么办？"戴姆德问。"你别替考尔特担心，"兔子说，"他是我的后代，我要把他接到我的身边来。相信我的话吧——他一定比现在生活得更幸福！好啦，你再也不用保守秘密了。"

戴姆德心情十分忧伤地往家里走去。在半路上，他遇见了他的侄子，就把这个故事从头到尾给他讲了一遍。"确实是这样，如果你把这件事告诉别人，你们家就会丢尽面子，我们将会连埋葬你们的人都找不到。""除了罗伊莎和牧师，我再也不告诉其他人了。"戴姆德说。回到家里，他把这件事告诉了罗伊莎。刚刚讲完，罗伊莎就突然咳嗽起来，不一会儿就窒息而死了。戴姆德和考尔特埋葬了她。那个周末，戴姆德也离开了人世。夜里，他被埋葬以后，考尔特就走了。从此以后，再也没人听到过他的消息。

戴姆德的侄子没有保守秘密，不久，这个故事就口口相传，传遍了全国，又传遍了全世界，就像我刚才讲的一样。

要听谎言的公主

 从前，有个古怪的公主，她坚持要嫁给一个能用谎言使她生气、并使她说出"这是在撒谎"的人为妻。但很少有谎言能打动公主，她只是平静地回答："这可能是真的。"有个佃农的儿子胸有成竹地来到皇宫迎接挑战，终于用谎言征服了公主并娶她为妻。是什么谎言连这个古怪公主都不敢相信？一起来看看吧。

从前，有一个公主，她有一个很怪的想法：谁能用谎言使她生气，并且使她说出"这是在撒谎"，谁就将是她的丈夫。

为此，国王在全国宣布了公主的决定。从那以后来到王宫编造谎言的人数之多就和天上的飞鸟一样，但是所有的谎言都**空洞无物**。公主只是回答："这可能是真的！"

当时，有个佃农的儿子听说了这件事情之后暗自思量："如果一个人因为不会撒谎而使一个公主失望，那可真该死！"

他以前没干过这种事，也许正因为如此，他才觉得**胸有成竹**，敢冒如此的风险。就这样，他来到王宫，公主非常和善地请他和她一起在国王的花园里散步。他们一边散步一边开始聊起来。

"你的父母是什么样的人?"公主问。

"我的父亲是个很**呆板**的人,我的母亲像一匹老母马一样一天到晚干活儿。他们共有三个孩子。第一个孩子没有生下来,第二个夭折在肚子里,第三个就是我。"他回答说。

"那可能是真的。"公主说,"可是,我父亲的白菜很好,你看见没有?"

"唉,那不值得一谈。你还是来看看我父亲的白菜吧。有一次十五个骑士为了避雨都躲在一个白菜叶子下面。我在叶子上扎了个洞,结果他们都被洪水淹死了。"他说。

"是的,有可能发生这样的事情。"她说,"但是你觉得我父亲的新牲口棚怎么样?"

"不错,牲口棚的确不算小。不过,我的父亲**建造**了一个特别高的牲口棚,一天,盖房顶的工人把斧头掉了下来,在斧头落到地面之前有一只喜鹊竟来得及筑巢、下蛋和把小鸟放在斧头眼里。牲口棚长极了,如果怀孕的母牛想去公牛那里,小牛犊已经生出来了,可是母牛去牛栏的路还没有走到一半。"

"是的,这有可能。但是,你看我父亲的牛!"公主说。

"不用说就知道你父亲的牛很多。但是我父亲的牛更多,我们要把奶做成干酪的时候,我们必须在一个**干涸**了的湖里搅奶。"

"但是你们怎样让牛奶变成凝乳状呢?"她问。

"当然了,我们要用马,把小牛皱胃的内膜捆在马腿上,然后把马从牛奶里拉出来。"他说。

"啊哈,可是你们要搅干酪该怎么办呢?"公主问。

"我们有一匹老母马,它可以在干酪周围踩。有一次,母马趁机在干酪里生起小马驹来,当小马驹从干酪硬皮里走出来的时候,我走了进去。我在干酪里走了一会儿,这时看见一个穿着赤杨木裤子的人,他正站在那里剁烤面包用的小树枝。过了一会儿,我碰见一个人拿着几条鱼,我把干酪皮给他,他把鱼给我作为酬谢。又过了一会儿,我碰见一个人背着捆稻草,我把鱼换成了稻草。然后,我就爬到比房子还高的稻草上看坐着纺线的太阳,看绕线的月亮,在这同时桑恩克特·佩尔站在那里采摘燕麦。当我已经看到了我想看的东西之后,我从桑恩克特·佩尔那里抓了一把糠拧成一根绳子,我要下来,可是绳子不够长。于是我在背上挠了一会儿,结果抓到了一只虱子,我把它剥了,把它的皮割成一条一条的,再做成一根绳子,然后往下又爬了几十公里。后来

绳子到尽头了，我在背上再抓了只虱子做绳子，但是绳子再次用尽之后，我背上没有虱子了。当时我除了把手脚松开之外没有别的办法。突然，我掉在了离地面十五丈高的一个狗窝里，你的父亲和我的父亲坐在那里一边喝酒一边**比赛**放屁，你父亲输了，他向我父亲借钱……"

"纯属撒谎！"公主非常生气地咆哮道。

"是的，这是谎言。"他回答。这时公主又恢复了平静，把手递给他，她承认，他赢得了她，这是一个真正会撒谎的狂徒。

国王很快为他们**举行**了盛大的婚礼。

空 心 麦 子

有个年轻漂亮的寡妇非常有钱，但她还不满足，命令自己的船队去找世界上最美丽、最宝贵的东西回来。没想到等了很久，老船长带回来的却是麦子。寡妇生气极了，不顾劝阻地把麦子全都扔进了海里，并扬言自己永远不会变穷。日子在她的挥霍和不珍惜中度过，终于，她的船队遇风遭难，港口也因为麦子的堆积变成浅滩，连后来长出的麦子都全是空心的。寡妇当然也破产了。

有一个美丽的国家叫荷兰。荷兰沿海有一座**繁华**的城市，城里住着一位漂亮的年轻寡妇。她非常有钱，住的是最豪华的别墅，墙上挂满了名画，地板上铺的是名贵的地毯，连餐具都是金银制成的，更不用说她还有一支船队！

一天，她对老船长说："你率领船队去做一次全球环游，把世界上所有你认为最美丽、最宝贵的东西给我带回来。记住，明年的这个时候一定要回来。"

有着丰富航海**经验**的老船长一句话也没说，领着船队出海了。老船长会带些什么回来呢？城里的人每天在茶余饭后都要

猜测、议论一番。

　　一年很快就过去了。一天，在海边瞭望的人忽然叫了起来："快来看哪，船队回来了！"

　　人们纷纷奔向码头，寡妇也**扬扬得意**地赶来了。她睁着美丽的大眼睛望着徐徐靠岸的船只，心想：有了这么多的宝贝，这下我可以大出风头了。

　　船队靠岸后，头发灰白的老船长手里拿着麦子，不慌不忙地走到她面前。

　　"你给我带来了什么好东西？"寡妇迫不及待地问。

　　"夫人，一年里我们游遍了世界各国，看了数不清的金银珠宝，可始终没能找到我认为的世界上最美丽、最宝贵的东西。我失望极了，甚至想放弃这项工作，早点儿回来算了。"停了一下，老船长又接着说，"可是当我们的船队驶进波罗的海的一个港口时，发现两岸都是绿油油的麦田，一眼望去，**无边无际**，我这才改变了主意。我觉得这些麦子才是世界上最美丽、最宝贵的东西！所以，我就把所有的船只都装上了小麦运回

来了。"

"什么?"寡妇的漂亮脸蛋涨得通红,"你简直老糊涂了,这种东西还用你花一年时间到处找吗?"

"是的。我用了那么长的时间行了几万里路,才发觉小麦是世界上最宝贵的东西。没有它,我们就没有面包吃,那一切都完了。"船长冷静地回答道。

"把这些东西统统给我扔掉!"寡妇**恼羞成怒**地大叫起来,"你给我滚,从现在起我不想再看到你!"

船长默默地走了。船员们把小麦一桶一桶地往海里倒。一个白发老大爷看不下去了,走到寡妇面前,用低沉有力的声音说:"当心啊!你把上帝赐给人类的最宝贵的东西丢进海里,上帝要**惩罚**你的。你想想,这世界上不知有多少穷苦人正在挨饿呢!再说,说不定你也会变成穷人哩!"

"哼!我会变穷?"寡妇冷笑着,摘下手指上的宝石戒指往海里一扔,"我永远也不会变穷,就像这海水永远不能还我戒指一样。"说完,她头也不回地走了。

几个月后,寡妇在家里举行盛大的宴会。城里的富翁全来了,人人珠光宝气,围坐在**华丽**的大餐厅里又吃又喝,好不热闹。

这时,女仆端上来一个大盘子,盘里盛着一尾烤好的大红鱼,寡妇用金刀把鱼切开,刚想招呼大家来吃,"啊!"寡妇惊叫起来。

"怎么回事?"大家围过来一看,也全都呆住了。

原来寡妇几个月前丢到海中的那枚戒指,此刻正在鱼肚子里闪闪发光呢。大海还是把戒指给傲慢的寡妇送回来了。

　　第二天早晨，寡妇还没起床，一个仆人慌慌张张地跑来报告：船队在海上遇风遭难了。

　　这个美丽而又骄傲的寡妇终于破产，变成了乞丐。那个原本繁华的港口呢？由于沉积了大量的小麦而变成了浅滩，船只再也不能靠岸了。一年以后，港内变成了一片麦田，但这里长出来的麦粒竟然全是空心的，你说奇怪不奇怪？

智擒红胡子

　　华克和加西亚在森林里遇到了强盗红胡子，差点儿被红胡子吃掉。他们靠自己的机警不仅躲过一劫，还吃到了红胡子的老婆做的美味饭菜。为了捉住强盗红胡子，为民除害，华克装扮成老头儿的样子，在红胡子面前谎称给叫"华克"的人做棺材，还骗红胡子躺进棺材试尺寸，趁机封住棺材，将红胡子一举拿下。华克把强盗红胡子交给国王，国王将自己的女儿许配给他。后来，华克继承了王位，把国家治理得井井有条。

　　华克和加西亚在森林里迷了路，又饥又渴。忽然，他们发现不远处有一间小木屋，非常高兴，不顾**劳累**，快速走到木屋前。"瞧！这里有好几棵果树呢！我们先摘些填填肚子吧！"华克说着，便和加西亚伸手去摘果子。

　　"谁胆敢偷吃我的果子？"一个红胡子大汉突然出现在他们面前。

　　"对不起，我们打猎迷了路，好几天没吃东西了，您就行行好吧！"华克**恳求**说。

大汉瞧了他一眼，说："你给我送封信回家，我就让你们吃个饱。"华克点点头。

大汉很快在一张纸上写了几行字，装进信封，交给华克，说："我家就在前面那座山上。到我家后，你就把信交给我老婆。记住！路上千万不可拆开信看。"华克拿着信独自上路了。走到半路，他好奇地拆开信，想知道大汉究竟写了些什么。"天哪！"华克看完信，吓得面色苍白，**冷汗**直流。信这样写着："等送信的少年一到家，你就立刻把他杀掉，用他的肉做包子，等我明天回来吃。"

红胡子不就是那个杀人不眨眼的强盗吗？华克把信撕了，另外写了一封信："等送信的少年一到家，你就把牛杀了，做些菜给他吃。明天让他带些牛肉给我。"

华克来到红胡子家，把信交给他老婆。他老婆忙杀了一头牛，**热情**招待华克饱餐了一顿。第二天，华克骑上红胡子老婆备好的驴子，带着牛肉回去了。

红胡子见华克**安然无恙**，十分惊讶。过了一会儿，他又叫华克送封信给他老婆。华克走到半路，又拆开信，念道："你这个笨女人，为什么不杀了他？如果再不照我说的做，我就砍掉你的手脚！"华克连忙另外写了一封信："你送来的牛肉很好吃。你今天杀一只羊好好招待他，明天叫他带些食物给我。"红胡子的老婆立刻杀了一只羊款待华克。第二天早上，华克带着食物回来了。红胡子大吃一惊，弄不清到底怎么回事。过了几天，红胡子对他俩说："你们跟我回家去，我会好好招待你们的。"

三人来到红胡子家，都很累了，早早地上床歇息了。华克

等红胡子夫妇睡熟了，就悄悄对加西亚说："红胡子绝不会放过我们的，我们快从窗口逃出去吧！"两人摸黑跳出窗子，拼命地往前跑。天亮时，他们已经来到一个热闹的小镇上。他们走过城门，看见那儿围着一群人在看布告，便凑了上去。只见布告上写着："强盗红胡子哈巴巴经常杀人抢劫。如果谁捉住了他，国王愿把公主许配给他。"华克决心捉住这个强盗，**为民除害**。

华克扮成一个老人，扛着锄头，向红胡子的小木屋走去。来到木屋前，他举起斧子砍起树来。红胡子听到外面有动静，便走了出来。"老头儿，你砍树干什么？"

"我们镇上有个坏蛋死了，他的家人叫我替他做一口棺材，所以我就来这儿砍树了。""那坏蛋叫什么名字？"

"华克。"一听是华克，红胡子乐得**手舞足蹈**，说："我最恨这个坏蛋了！他死了真叫我高兴！来！我帮你一起砍吧！"红胡子取来斧子，同华克一起砍了起来。半天工夫，一口棺材做

好了。

　　华克看了看棺材，说："不知道这口棺材是否装得下人？也不知道盖子是否盖得紧？你能不能睡到里面去试试？""行啊！"红胡子说完，便钻进了棺材。说时迟，那时快，华克赶紧用力盖上盖子，并用长钉把棺材钉死。"你干什么呀？想把我憋死呀！"红胡子在棺材里拼命敲打。

　　华克取出一根粗绳子，把棺材系好，然后拖着它向小镇走去。镇上的人看见华克拖着一口棺材回来，都**兴高采烈**地跟在后面，直到华克把红胡子交给官府，大家才散去。国王听说华克捉住了红胡子，非常高兴，不久就把公主嫁给了他。国王去世后，华克继承了王位，把国家治理得**井井有条**，人民都很爱戴他。

有魔力的玫瑰花

人们都说巴夏的女儿是个绝代佳人，但从来不见外人。有位王子决心见到她，途中幸运地得到一朵唤醒爱情的白玫瑰花。他坚持跋涉九个月终于到了公主所在的国度，想办法把白玫瑰花通过公主的奶妈插到了她的头上。有魔力的玫瑰花果然产生了作用，公主爱上了王子，他们的婚礼持续四十天，两个人都得到了幸福。

从前，有个叫巴夏的人，他有一个独生女儿，是**绝代佳人**。多少人想看他女儿一眼，但都不能如愿，因为美人从来不出自己的闺楼。

有位王子听到这姑娘的名声，非常想看一看。他离开自己的国家，出发上路了。他想："我无论如何要见到她。"

到姑娘的国家，得走七年的路。

"不管怎样，我总有一天会走到的。"王子下了这样的决心。

他在路上走，不知走了多少路。他的钱用光了，衣服**破损**

了。他被迫乞讨。今天人家给了才有吃的，明天人家不给，只好**挨冻受饿**。

他就这样走，走了好久好久。有一天，他来到一个地方。这地方有许多花园和葡萄园。当时正是盛夏酷暑，他渴得慌，便走进了一个又一个花园，从树上摘果子吃。他这样走着、吃着，不觉来到一个大花园。

那花园里有一个亭子，亭子里躺着一个女人。她是管花园的，三天才醒来一次，巡视一下花园后又入睡。

王子只管吃水果，偏偏这时那女人醒来了，正在**巡视**花园。王子一看见她，就怕得什么也不想吃了。"啊，她马上会把我打一顿的，怎么办？"王子这么想，急忙藏到树后去。

其实，那女人早就闻到了生人的气味，直朝他走去。"她马上要看见我了，看来这下要完了。"王子想着，从树后走出来。

"大娘，饶了我吧。我求你……不要伤害我！"

"孩子，你怎么来的？不说实话，我可要教训你。"

"大娘，你要教训就教训吧。也许是上天带我到这里来让你教训的。"王子神情悲哀。女人见他可怜，便问："孩子，你像个流浪汉。你为什么到这里来？"

王子不知是害怕，还是怀着**希望**，立刻向她述说了全部经过。他想：也许我告诉她真情，会得到她的宽恕，让我找到我要找的人。

"哎哟，孩子，到那国家还有九个月的路呢。即使到了那里，也不见得能见到姑娘。你不信，那就走吧。但最好不要去，不然，你会害了自己。"女人劝告他，可王子回答说：

"不，我是为了爱情来的。我一定要找到她！"

女人说："你不知道，这姑娘着了魔，她不想见任何人，也不可能爱任何人。你想见她，只有破了这种妖术才行。"

"我该怎么破呢？"

"孩子，到现在我还没对任何人**透露**过这个秘密。但我可以告诉你，因为你为她已经受了那么多的苦，我愿你的希望能够实现。是这样的，你从这里出去，走到一个花园，看见一棵开着白玫瑰花的树。如果能从树上摘下一朵花，插在姑娘的头发上，那么妖术马上就不灵了，姑娘自己会想见你，哪怕你想走，也会有人找你去见姑娘。"

王子道了谢就出发了。不知走了多久，有一天，他终于来到那个花园。花园门口站着一只很大的猫。"哎哟哟！这是什么怪物，是狮子还是老虎？我该走还是不走？"王子想，"不管三七二十一，走吧。"于是走到猫跟前。

原来就是这猫使姑娘着魔的，她是那个管花园女人的大女儿。她看见了王子，为青年人的热情所**感动**，给他指了路。

于是王子进了花园，真的看见了一棵白玫瑰花树。那玫瑰花开得**绚丽多彩**。他看得出神，不知道该摘哪一朵。当他小心地摘下一朵，这时花园里响起一阵可怕的叫喊声。

"唉，要是不摘这一朵就好了。现在恐怕要有什么灾难了。"王子赶紧向花园门口跑。

他一看，前面已经不是一只猫，而是两只：瞪着眼睛，吐着唾沫。

"嘿，青年啊，快跑！否则你要被吃掉了。你不知道，我们的三妹可厉害了。"

王子飞快地跑出门口，一直朝姑娘的国家跑。他跑得那么快，就是子弹也追不上。他回头看看，心里很高兴："好了，一千次感谢，总算摆脱了她们。"

不久，王子终于跑到他**朝思暮想**的国家。可是，他人已经变得不像样了。他走进咖啡馆，大家马上就知道，他是从遥远的国家来的。

这些年轻人也都**渴望**见到姑娘，有人问他从哪里来，到哪里去。

"我是骆驼商队的主人，被强盗抢走了商品和金钱。我已经流浪六个月了。"他答道。

大家听了很同情，把他当上等客人一样地对待，又是给吃的，又是给喝的。

晚上，王子准备上床休息，突然发现，咖啡馆里的人，三个一群，五个一伙开始谈论什么，仔细一听，终于明白，他们在谈论那个姑娘。

"要是我们能骗过她的奶妈就好了。就是这老妖婆，什么也不让人知道，让她的眼睛瞎掉吧。"他们都这样说。

天亮了，王子走到街上，没有目的地走来走去。突然有一个衣着整洁的老太婆迎面走来，衣服发出"叽里——叽里"的声响。

"这莫不是姑娘的奶妈？我同她谈谈看，兴许能打听到什么。"王子想着走上前去。

老太婆看得出他是一个外国人。

"孩子，你到哪里去？"她问。

"大娘，我是个穷人，以卖玫瑰花为生。我家花园种着玫瑰花，我到这里来是为了卖掉它们，现在卖得只剩下一朵了。"王子答道。

"给我看看你的玫瑰花怎么样？"

王子拿出玫瑰花给老太婆看。

"啊，多好看的花，要卖多少钱？"

"大娘，这玫瑰花不喜欢像你这样的老人，它只喜欢年轻的姑娘。"

"孩子，我买它并不是自己要。我也没有女儿，但我是巴夏女儿的奶妈，我是想送给她当**礼物**，只是刚巧忘了带钱……"

她的话没说完，王子马上说："大娘，反正只有一朵，你拿着吧，这玫瑰花送给你了，送给你要送的人吧。"

老太婆拿了玫瑰花回到家里。姑娘把它插在头上。顿时，她心里燃起了爱情的**火焰**。青年人的热情传到她身上，她不知道自己该怎么办才好，只好请求奶妈："奶妈，我感到不舒服。

你去告诉我父亲巴夏，让他答应我到花园走走，我觉得寂寞。"

巴夏听了很奇怪："哎哟哟，我的孩子怎么啦？她从不想到外面去……她难道要死了？"因为担心孩子的生命，父亲只好答应女儿同奶妈到花园里去。

她们在花园里散步，走来走去。后来姑娘忍不住问奶妈："奶妈，你在哪里弄来这朵玫瑰花的？为什么我一戴上它，就感到心里燃起了一团火？"

"孩子啊，是一个青年送给我的，我拿来送给你了。"

"奶妈，你行行好，让我去见见那青年吧。"

"傻孩子，我们在街上**相遇**，谁知道他现在到哪里去了！"

"随你怎么办，这青年我是一定要见的。不然，我去告诉父亲。"

听姑娘这么说，奶妈慌了：

"我去，我去，找到了带他来见你。"

老太婆走出花园，那王子正好在门口等着。

老太婆一看见王子，就叫："孩子，你的玫瑰花怎么回事？我拿去送给姑娘，姑娘一戴在头上，马上就病了。现在她要见你，你跟我一起去，我可以给你五个铜币。"

这正合王子的**心意**，他说："好吧，我去，不过我不要钱。"

老太婆高兴地把王子带到家门口。那姑娘从窗口一望，立刻就爱上了他。姑娘写了张纸条："我已**全心全意**爱上你了。如果你也爱我，那么今晚在花园相会。"她把纸条从窗口扔了下去。

王子读着纸条，高兴得飘飘然。这时老太婆走出来警告

他："孩子，当心，不要告诉任何人，如果巴夏知道了，要把我们都处死的。"

王子等天一黑，就爬上围墙潜入花园。那姑娘也已经**等候**很久了。

天亮时，巴夏不见自己的女儿，连忙叫人四处寻找。

结果，他们在花园里发现公主和一个青年待在一起。

"他们在这里！"巴夏惊讶得不得了，"这是怎么回事？这个陌生人是怎么进来的，而且还**诱惑**了我从不出门的女儿，我现在该怎么办？"

姑娘和王子一看见巴夏，就吓得直发抖。

巴夏把王子叫过去，问他是怎么回事。当青年讲了一切经过后，巴夏说："孩子，你不用怕，你使我女儿免受了一场巨大的不幸，我要让你们成为夫妻。"

巴夏把他们带进自己的家，并表示："在别人知道这事以前，我先给他们订婚。"

王子和姑娘当即订了婚。之后的四十天他们一直在举行庆祝典礼，从此以后他们幸福地生活在一起。

巨人比赛吃饭

负债累累的农民派儿子去森林砍树，好卖了还债。不料遇到凶恶的巨人，大儿子和二儿子都被巨人吓回了家，只有三儿子迎难而上。三儿子足智多谋，在他的计谋下，不仅使唤巨人帮忙砍了很多树，还在和巨人比赛吃粥的时候趁机彻底除掉了巨人这个威胁。

　　从前有一位农民，他有三个儿子。他**负债累累**，而且年迈多病，儿子们也都**碌碌无为**。家里有一大片树林，父亲让儿子们把树伐掉，卖了还债。

　　他费了很长时间才说服儿子们去伐树，大儿子先去。他走进树林，动手去砍一棵冷杉。这时候，来了一位高大、肥胖的巨人。"你要砍伐我的树，我就打死你！"巨人说。大儿子听了，扔掉斧头，飞快跑回家里。他上气不接下气地讲了事情的经过。但是，父亲说大儿子是一个胆小鬼，他自己年轻的时候，到树林砍伐树木，巨人从来不吓唬他。

　　第二天，二儿子去伐树，遇到的情况与大儿子完全一样。

他刚砍了几斧头，那个巨人就来了："你要砍伐我的树，我就打死你！"二儿子连看也没敢看巨人，像大儿子一样扔掉斧头就往家里跑，比哥哥跑得一点儿不慢。他跑回家的时候，父亲生气了，他说他年轻的时候，巨人从来不**吓唬**他。

第三天，轮到三儿子阿斯凯皮尔坦去。

"好啊，"两位哥哥说，"你这位没出过门的人物，肯定会**马到成功**！"

阿斯凯皮尔坦不理会他们的挖苦，他只要求带一口袋吃的东西。母亲没有现成的黄油和干奶酪，所以她架起锅给他做了一点儿。他在背包里放好奶酪，就上路了。

他刚砍了几斧子，巨人就来了，对他说："你要砍伐我的树，我就打死你！"

但是他没有逃回家，而是跑到背包跟前取出奶酪，用力压挤，压得乳

清都流了出来。

"你如果不住嘴，"他对巨人说，"我就像把这块石头挤出水一样挤死你！"

"这可使不得，你饶了我吧。"巨人请求说，"我一定**帮助**你伐木。"

由于这个条件，他饶恕了巨人。巨人伐得很快，所以这一天他们采伐了很多木材。

天黑的时候，巨人说："你跟我回家吧，这里离我家比离你家近。"

阿斯凯皮尔坦**同意**了。他们来到了巨人的家。巨人去生火炉，他去找煮食物的水。但是巨人的水桶都很大很重，他连拿也拿不动。

这时候他说："拿那些像顶针一样小的水桶有什么用处？还是让我把整个水井都搬来吧！"

"不行不行，你发发善心。"巨人说，"我可不能没有那口水井。请你来生火，我去提水。"

巨人提水回来以后，他们做了一大锅麦片粥。

"喂，"阿斯凯皮尔坦说，"你愿意与我比赛吃粥吗？"

"好啊。"巨人回答，他当然相信自己会**取胜**。说定以后，他们就在桌子旁边坐下来。阿斯凯皮尔坦偷偷地把皮背包藏在衣服里面，倒在背包里的粥比他吃进肚子里的多得多。当背包满了的时候，他就掏出一把刮刀，在上边戳一个窟窿，巨人看到了也没说什么。他们吃了很长时间，巨人终于放下了勺子。

"哎呀，我已经吃不下去了。"他说。

"你一定要再吃，"阿斯凯皮尔坦说，"我半饱还不到。像我这样，在肚子上戳个洞，这样再多你也能吃下去。"

"会不会痛呀？"巨人问。

"不会，没什么问题。"他回答。

巨人就在自己肚子上戳了个洞，结果丧了命，阿斯凯皮尔坦拿了巨人的金银财宝回家了。他用这些钱偿还了全部的债务。

魔鬼的故事

　　穷苦的农夫虽然每天辛勤工作，但还是很穷，原来是因为有穷鬼在他们家作怪！一天，农夫终于抓住机会想办法把穷鬼全捉起来压在石磨下面，他的生活这才变得富裕起来。村里最富的财主看到有人也富裕了很是嫉妒，便把穷鬼全都放了出来，想要农夫重新过上穷苦的日子。不料穷鬼们不仅不敢再去农夫家，反而黏上了这位财主，从此财主的生活日渐穷苦。偷鸡不成反蚀把米说的就是财主这种人。

　　从前，在某个村庄里，住着一个穷苦的农夫，他穷得老婆孩子们常常吃不上饭。他辛苦地工作，从早到晚地劳动着，但是，一切总是不**顺利**。他一点儿法子也没有，怎么也摆脱不了那种穷苦的生活。

　　"这是什么缘故呢？为什么我总是摆脱不了穷苦的生活呢？"穷人这样想。

　　其实，原因是这样的：在他茅屋里的炉灶底下，住着一群魔鬼，他们总是跟他**捣乱**。

农夫得到一点儿什么，他们就完全破坏掉。他们总是千方百计地想办法**陷害**他，给他带来灾祸：让麦子烂掉，把牛折磨死，还把别人家的猪引进农夫的菜园。

有一次过节，农夫弄来了一块牛油和一大块面包给孩子们吃。

这个农夫是一个**爱好**音乐的人，他喜欢拉小提琴，并且拉得很好，听起来还不错！

于是，在那天吃过午饭以后，他就取出小提琴，开始拉起来。

当孩子们听到音乐的时候，大家都起立，把手叉在腰间，开始跳起舞来！

孩子们跳着舞，父亲在旁边看着他们，心里非常高兴。咳！仔细一瞧！怎么好像有些小东西跟他们一起在跳似的，那些小东西**奇形怪状**，身体很小，长长的手指，细细的颈子，小脸又丑又凶恶。他们可多着呢，连数都数不清。

穷人猜想，这一定是些穷鬼。于是他就把小提琴放在一边，想去捉他们，可是这些小魔鬼立刻成群地向炉灶底下奔去。他们挤呀挤地，拼命向炉灶底下钻。

这时，穷人立刻想出了一个办法，要把自己从他们的危害中解脱出来。当小魔鬼正向炉灶底下钻的时候，他问他们说：

"喂！你们在炉灶底下很挤，坐着不大**舒服**吧？"

但是，小魔鬼们回答说："不，不挤！我们很好！舒服得很！我们到处可以安身！"

穷人拿出自己的牛角烟盒，闻了闻，说："在这牛角盒子里可以安身吗？"

"可以安身。"小魔鬼们回答。

"那么，试试吧，看你们怎么安身？"

说着，穷人就把那个开着盖的烟盒朝下面一放。

"你们都在哪里？"

从烟盒里发出来的声音说：

"现在，我们都在你这个盒子里了！"

"还有谁留在炉灶底下没有？"

"一个也没有了，全在你的盒子里！全在这里！"

穷人正**希望**这样。他马上把烟盒子紧紧地关上，然后走到那个多年不用了的磨坊里去，把烟盒塞在一个很重的磨盘底下。

"请你们永远住在这儿吧，我不需要你们！"

放好以后，他就回家了。

从那一天起，穷人的生活就开始好起来了。只要他想做什么，他都做得成，一切都很顺利。他变得**富裕**起来，孩子们不再挨饿了。他有很多牛和很多猪。人们看见他富了，都觉得非常奇怪。

就在这一个村子里，住着一个财主，全村里再也没有人比

他更富有的了。他是一个极端嫉妒的人，真是世界上再也找不出像他那样嫉妒的人来！如果有人不贫穷，不奉承他，他就要大发脾气。

当他听到这个穷人摆脱了贫穷，变得和他一样富有的时候，他该是多么恼恨，那就不用说了！

财主猜了很久，想了很久，那个苦命的农夫究竟是怎样富裕起来的。但是，怎么猜也猜不着，怎么想也想不出来。

于是，有一天，他就到这个农夫那儿去串门，用**花言巧语**跟他聊天，想用这个法子打听出来他是怎样变得这么富裕的。

"因为我**勤劳**地工作，所以我的生活就变得好了！"

"难道你从前就工作得少些吗？"

"也不少，但是都给穷鬼破坏了。他们住在我的茅屋里，到处乱钻，把我所有的东西都毁掉了。现在好了，我已经弄明白这是怎么回事了，我从他们的危害中**解脱**出来了！"

"你怎么弄明白的？怎么解脱的？"

"我把他们引进我的烟盒里紧紧地关上，再把这个装满了穷鬼的盒子，带到那个多年不用的磨坊里，把他们放在磨盘底下压着。"

"原来是这么回事！"财主说，"再见吧！我该回家了！"

告别后，他就走了。但是财主并不是回家去，他直接到那个多年不用的磨坊里去了。到了磨坊里，他找到了那个农夫塞着烟盒的磨盘。他把磨盘搬开，取出烟盒。把盖子打开来说：

"喂！小魔鬼们，出来吧！到你们的主人那儿去吧！他可想念你们呢！"

财主心里想，小魔鬼们就会这样跑到农夫那儿去的。

但是，小魔鬼们吱吱地叫着："啊，不！我们不上他那儿去！我们怕！如果他再想出一个什么**诡计**来，恐怕我们就完蛋了，在世界上就活不成了！你救了我们，你把我们放出来了，我们要到你家里去，你是好人！"

"嘿！这成什么话！"财主叫起来，"我要你们干吗！不要！不要！我不能带你们到我家里去！快给我滚开！"

滚开？所有的小魔鬼一下子都跑到这个嫉妒的财主跟前，把他团团围住，钩住他的衣服，使他脱不了身！他想挣脱他们，但怎么挣也挣不掉。没办法**脱身**了，他只好带着这些小魔鬼回家去了。

到了家里，小魔鬼们从他身上跳了下来，四散跑开，到处乱钻，钻到哪里是哪里，找也找不到了！

从那时候起，小魔鬼们就在财主那儿住下来。他开始倒霉了：大黄牛死了，母牛也死了，马被偷走了，猪羊丢了，田里的**庄稼**也不长了。后来，房子起火了，院子也给烧了。这个嫉妒成性的财主，最后变成了乞丐。

穷人和魔鬼

穷人很快就要饿死了，只好出远门碰运气找工作。路上遇见了魔鬼。他们先是一起打粮食，魔鬼为了分到看起来分量多的粮食，选择了一堆麦壳，把麦粒留给了穷人。不久，他们又一起去偷猪，穷人为了便于辨别，提出猪尾向上弯的归自己，其他的归魔鬼。穷人渐渐变得富有了，而魔鬼却依然还在到处流浪。聪明的读者知道这是为什么吗？

从前，有一个穷人，穷得像**教堂**里的老鼠，他的孩子多得如丝网里的洞。

有一天，妻子对他说：

"孩子爹，既然我们的生活过得不像生活，你该出去试试运气，也许能找到一个**工作**。否则，我们只能把牙齿放到搁板上去，很快就会饿死。"

妻子给丈夫烤了饼，放进旅行袋里。这样，穷人就出远门了。

他在路上走哇，走哇，竟遇到了一个魔鬼。

"穷人，你上哪里去?"魔鬼问。

"我去找工作，想试试运气。我们一起走，怎么样?"

"好的，我同意。我们去打粮食吧，现在是秋天，麦子成熟了，是农忙季节。我们打多少，就分多少。"

他们就这样**商量**好了。后来，他们找到了一个主人，去给他打粮食。他们从早晨一直工作到晚上，可是糟糕的是，穷人饿得十分虚弱，一点儿都打不动，而魔鬼**身强力壮**，他只要轻轻挥舞一下，麦捆上的麦粒就全打下来了。

晚上，麦子打完了，主人看了看说:"小伙子，你们干得很出色，只一天时间，就打完了全部麦子。我要好好酬谢你们。"

穷人和魔鬼把麦粒堆成一堆，麦壳堆成另外一堆。主人给他们拿来了容器，给他们分粮食，穷人问主人:"麦壳能给我吗?"

主人笑了一下说:"麦壳随你拿。"

穷人拿了容器，倒出麦粒，又在旁边堆起一堆麦壳。堆好麦子和麦壳后，穷人问魔鬼:

"老兄，你挑选吧，要大堆的，还是小堆的?"

魔鬼看了看，麦粒堆很小，麦壳堆很大，发出一片金黄色。魔鬼说道:

"我活儿干得多，应该多拿，大堆的给我吧。"

于是，就这样分了:麦粒堆给了穷人，麦壳堆分给魔鬼。

第二天，穷人和魔鬼到另一户人家去干活儿。打下的麦子也堆成了小山。

不言而喻，麦壳比麦粒多。魔鬼又取了一堆大的麦壳堆，他还说，这是他应该拿的。

就这样，一直工作到星期六。他们走了好几户人家，穷人只拿到一袋粮食，而魔鬼却拖着整整一车的麦壳。

他们都回到了家里，把得到的**报酬**交给妻子。

穷人的妻子用小麦烤面包；魔鬼的妻子用麦壳做面包。穷人烤的面包松软、红润；而魔鬼做的面包又扁又平，像一只鞋后跟，根本不能吃。

"怎么搞的，穷人妻子烤的面包比你做的好吃得多！"魔鬼非常生气。

星期一，穷人和魔鬼一清早又出发了。魔鬼对穷人说：

"穷人，你听我说，上次你骗了我，今天我们不去打麦子，去偷。附近有个富人，猪圈里都是猪，我们去偷几头来。干这种事，我是**内行**，你可骗不了我！"

他们一起到了一个地主庄园，溜进了猪圈，里面足足有一百多头猪！

"老兄，你也知道，"穷人说，"我们必须事先约定，谁该分得什么样的猪。否则，你自己说过，干这一行你是内行。可不能让我吃亏呀！"

"好吧，"魔鬼说，"你想怎么分呢？"

穷人**建议**："我们这样来分，你偷出来的猪，按原来的样子丢出来。我偷到的猪，为了辨认，我会将猪尾朝上弯。这样，我们就能知道，哪头猪该归谁了。"

穷人和魔鬼一起动手去偷猪。他们偷了一百头猪，最后魔鬼说：

"够了，走吧，不然要被人捉住了。"

当他们将猪赶到远处时，魔鬼说：

"老兄，分猪吧，你分！"

穷人捉住一头猪，用**树枝**赶到一边，说："这是我的！"

他把另一头也赶到一边，说：

"这是我的。"

他又赶了第三头，说：

"这也是！你看，尾巴向上弯的！"

哪头猪尾巴不是向上弯的？魔鬼坐着，还没想通是怎么回事，只听穷人说。

"这头也是我的！"

"这头也是我的！"

一百头猪只有三头的尾巴是直的，而且，看来还是有病的。

穷人把猪赶到家里，过起了富裕的生活。

可是，魔鬼依然到处流浪，不知在找些什么。这时，他才明白，不该同人合伙，因为人总是比魔鬼**聪明**。

白百合

 阿丝赛娜是一位善良、美丽的姑娘，在自己的花园里种了很多花草。有一年，遇上罕见的大旱，花草树木都凋敝了，但阿丝赛娜还是坚持着给院子里的花草浇水。路过的老人讨水喝，这位美丽的姑娘强忍疲惫还是给老人端来了水，老人却打碎了她珍贵的杯子，她没有任何抱怨。第二天，阿丝赛娜来到院子里不仅看到了漂亮的玻璃杯，还看到院子里开满了不知名的美丽花朵，大家决定以姑娘的名字命名这种花，就叫阿丝赛娜（白百合）。

这是很早很早以前的事情了。那时，有一位**善良**、美丽的姑娘叫阿丝赛娜。母亲去世后，阿丝赛娜和父亲住到了乡下河边的一个小屋子里。屋前有一块空地，阿丝赛娜在那里种了许多花草，建起了自己可爱的小花园。她每天早晨起来给花草浇水，平时又精心照管。因此，附近的人们都叫她"花仙女"。

有一年，阿丝赛娜居住的地方发生了**罕见**的大旱，好几个月了，一点儿雨也没下，而且，阳光一天比一天强烈。

小河干了，地裂了，每当刮风时，大地发出"沙啦沙啦"

82

的响声。小鸟们也都飞往凉爽的地方，一只也没留下。草哇，树哇，全部**枯萎**地低下了头。

在这段日子里，阿丝赛娜每天早晨一起来就提着水桶去井里打水，回来浇院子里的花草。这当然是很累的了。一天，活儿干完了，累得**筋疲力尽**的阿丝赛娜走到家门口坐下，不一会儿，就睡着了。

不久，一位老人从这里路过。他看见阿丝赛娜坐在门口，叫道："姑娘，请给我一碗水好吗？天太热了，嗓子渴得要命。"

阿丝赛娜睁开眼睛，微微一笑，亲切地回答："那好办！只是要去井里打水，请稍等一会儿。您太累了吧，请家里坐！"

阿丝赛娜拖着疲惫的身体去井里打水，看上去太辛苦了。老人想，这真是个坚强的好孩子。阿丝赛娜好不容易才提着水桶回来了，"让您久等了，我去拿杯子来！"说完向家中跑去。不一会儿，她拿了一个像大酒盅一样的玻璃杯来了。玻璃杯形状纤细，漂亮极了。阿丝赛娜在杯中盛上清凉的井水，端给老人喝。

"哦，真好喝！用这样漂亮的杯子喝水，有生以来我还是第一次。"老人一口气喝完，不停地说。

阿丝赛娜说："我们也不常用这个杯子，要是破了就糟了。因为，它是妈妈的遗物。"原来是这样，老人拿着杯子在桶边碰了碰，看耐不耐碰。可是，老人的手直打战，不幸的是杯子打碎了。

"啊呀！"阿丝赛娜和老人同时喊了起来，带着**遗憾**的表情互相看了看。不过，阿丝赛娜马上平静了下来，安慰老人道："没关系，请不必担心！我们可以再买个一样的。"听了这话，

老人握住姑娘的手说道："珍贵的杯子碎了……不过，明天早晨，你醒来后立即来院子里看，眼前会出现**奇特**的景象，无限的喜悦就会取代现在的悲伤。那时，你也会明白自己是一个善良、美丽的姑娘了。"说完，老人拿着碎了的玻璃杯上了路。

第二天，阿丝赛娜早早起了床来到院子里，果真如此。她看到了一个漂亮的玻璃杯，附近是一大片盛开的白百合。在朝阳的映照下，白百合**闪闪发光**。多么漂亮！多么芳香！

不久，附近的人们都来看这罕见的花和善良、热情、美丽的姑娘。

"多么漂亮的花，真好看！""这么好看的花，从没见过！""这花叫什么名字呀？""就叫那姑娘的名字。""嗯，很好！这花就叫阿丝赛娜（白百合）吧！"

直到现在，在葡萄牙的田野里，这种白百合依旧是最美丽的花。

需要是最好的老师

当遇到困难时，"需要"是最好的老师，它会带领我们克服困难。如果最后没有顺利解决问题，只能说明我们还不够需要。故事中的两个儿子在路上发现大车坏了，喊破了喉咙也没喊来救兵，但他们必须修好车才能回家，这种信念逼迫他们必须把车修好。"需要"这位老师不是别人，正是来源于我们自己。

一个樵夫有两个儿子，他每天到森林里去砍柴时，只带一个儿子去。他自己砍，儿子帮他一点儿忙。儿子长大后，樵夫对他们说：

"孩子，现在你们自己去森林**砍柴**，我在家休息。"

孩子们回答说：

"爸爸，要是我们的大车突然坏了，谁来修呢？"

"孩子，要是你们弄坏了大车，或者**发生**别的什么事，不要怕，'需要'会教会你们一切的！"

两兄弟听了父亲的话，到森林里去了。青年人手脚很快，他们砍的树比父亲多，然后把树木装上车回家。但大车在半路

上坏了，两兄弟从大车上爬下来，叫道：

"'需要'，请你来修车子！"

他们叫哇，叫哇，天已经黑了下来，但"需要"还是没有来。

这时，小兄弟说：

"这个该死的'需要'不来，我们是不是要自己修理？"

老大回答说：

"也许'需要'走得很远了，也听不见了，我们再一起用尽力气喊！"

他们直着嗓子又喊了起来，直喊到喉咙哑了，还是没有一个人来。小兄弟又对哥哥说：

"你看，天已经暗了！也许我们白喊了！说不定这个'需要'根本不会修车子！"

于是，兄弟俩只好自己动手修了。一个执斧头，另一个拿刨子，"一、二，一、二"，敲敲打打，他们竟自己修好了大车！

他们回到家后，父亲问：

"孩子，你们是怎么回来的？"

于是，他们立即**诉苦**了：

"爸爸，半路上大车坏了。我们叫那个该死的'需要'，喉咙都叫破了，可它还是不来。后来，我们就自己拿起斧头、刨子，动手修好了车子。"

"嘿！孩子！"父亲说，"这就是'需要'哇！你们叫它，可它却就在你们身边，没有人会**帮助**你们，只能自己对付，所以说，'需要'是最好的老师！"

国 王 的 鬼 耳 朵

长着鬼耳朵的国王从未让别人知道鬼耳朵的秘密，知道这个秘密的理发师都被他杀掉了。一位年轻的理发师装作不知道国王的鬼耳朵，不仅没被处死，还得到了国王奖励的金币。但这个秘密闷在他心里，他就像生病一样难受。师傅叫他把秘密告诉大地，没想到说秘密的地方长出一棵大树，枝干做成的口哨吹出来都是"国王长着鬼耳朵"的声音，国王的秘密再也瞒不住了……

　　从前，有个国王叫特拉扬，他**拥有**一支庞大的军队，统治着一个很大的帝国，住在豪华的宫殿里，拥有数不清的财宝。但是**尽管**这样，他生活得并不愉快。为什么呢？因为他头上长着两只又尖又长的鬼耳朵。国王特拉扬精心设计了一顶帽子，把耳朵藏在里面，不让人看见。但是，有一个人能看见——他的理发师，因为国王不能不理发。每当新的理发师（每次都是新的）给他理完发，国王就问道："你看到什么了，理发师？"理发师怎能不为他的鬼耳朵惊奇呢？总是说："我看见您长着两只鬼耳朵，陛下。"于是，这个理发师就立刻被杀掉了。因为国

王怕他的丑事传遍全国，成为大家的笑料。就这样，凡是被叫到王宫去的理发师没有一个能回来的。

很长时间以来，人们都羡慕这些下落不明的人，还以为他们住在王宫里做了国王的私人理发师呢！但是，后来人们开始**猜疑**起来——为什么那么多的理发师进了王宫，没有一个人回来？难道国王要征召一个理发师的军队吗？慢慢地人们才明白过来：这些不幸的理发师一定是被杀掉了。这种猜测一传十，十传百，全国的理发师都害怕起来，他们吃不下饭，睡不着觉，整天**提心吊胆**的。在这个国家里，甚至给人留下这样一种印象：如果谁在街上遇见一个脸色惨白而又哀伤的人，大家便猜他一定是个理发师。

一天，灾难落在一个老理发师的头上，国王的卫士找上门来。他不愿去王宫送死，就躺在床上装病，他装得可真像呢，从头到脚都在发抖。他的理发店里有一个年轻的徒弟，这个年轻人不顾生命危险，要替师父进王宫。年轻人也清楚，去了就很难活着回来，但是，他决定想尽一切办法**挽救**自己的生命。

他走到国王面前。国王看着他皱了皱眉头，说："你就是我叫来的理发师吗？你太年轻了！"

"我是他的徒弟，仁慈的陛下。我的师傅得了可怕的疟疾，他现在躺在床上不能起来。"年轻人一面回答，一面从背包里拿出剃刀和剪子。

国王坐在椅子上，让年轻的理发师为他理发。这个年轻人心灵手巧，再加上十分小心，所以动作很轻很轻，国王不一会儿就打起盹儿来。当然，国王的那双可怕的鬼耳朵也使年轻人大吃一惊。当他理完发开始收拾东西的时候，国王疑心地看了他一眼，严厉地问他："你理发的时候看见什么了，小伙子？"

"没看见什么，**尊敬**的陛下。除了您端正的五官以外，我什么也没看见。"年轻人回答。

国王听了很高兴，给了他十二个金币，并告诉他下次再来。

年轻人回到家里。师父看见他回来，非常惊讶！他忽地从床上坐起来，问他的徒弟："怎么回事？"

"没什么。"年轻人回答。

"你给国王理发了吗？理完发又怎么样了？"

"我就像您教我的那样给国王理了发，他看起来很高兴，给了我十二个金币，还告诉我下一次再去。"

师父很想知道王宫里的情况，问他国王是什么样子，穿什么衣服，还问了许多别的问题。年轻人如实地回答了所有的问题，但只有一点他没有讲：他没敢提国王的鬼耳朵。

从那以后，年轻人经常去给国王理发，每次都得到十二个金币的**奖赏**。国王很喜欢他，但是年轻人却越来越觉得可怕。这个秘密闷在他的心里，从来不敢向任何人吐露一个字。不知为什么，只要眼睛一闭，那双鬼耳朵就出现在他面前。别的理发师不再为自己的命运担忧了，渐渐变得**健康**而欢乐起来。这个可怜的年轻人却越来越消瘦，他吃不下，睡不着，像生了大病一样。

"如果你不愿将自己的困扰告诉任何人，还有一个办法也许对你有帮助。你可以走出城去，到旷野里，在地上挖一个坑，挖得深深的，然后把头伸到坑里，对着大地把你的秘密说

三遍，再用土埋起来。这样你就说出了心里的秘密，而大地是肯定不会**泄露**秘密的。"

年轻人听了师父的话，决定去试一试。他走到田野里，挖了一个坑，看看周围，除了高高的天空、静静的大地和他自己以外，一个人也没有。他趴到坑里说了三遍："国王长着驴耳朵！"说完以后，把坑填平，**高高兴兴**地回家了。

过了几个星期，年轻人挖坑的地方长出一棵大树来，树干像蜡烛一样又高又直，树枝遮天盖地。一个放羊的孩子走过那里，从树上折下一根枝条，用手拧动了枝条的外皮，抽去中间的木心，做成一个管形的小哨子，放在嘴上一吹，发出一个非常**清晰**的声音："国王长着驴耳朵！"

别的孩子听了，都觉得很奇怪，以为吹小哨的孩子会变戏法呢！他们抢过小哨自己吹吹，听见同样的声音："国王长着驴耳朵！"孩子们每人都折了一根枝条，一会儿就做了许多小哨子。

晚上，孩子们赶着羊群回到城里，他们一边走，一边吹。街上到处都响着这样的声音："国王长着驴耳朵！"没到天黑，全城的人都知道国王长着驴耳朵。不出三天，全国都知道了这

个秘密。

国王听说了这件事，气得跳了起来，喝令卫士赶快把那个年轻的理发师找来。年轻人一进门，国王就吼叫着问他："你说了我的什么坏话？你这该死的家伙！"

"没说什么，仁慈的陛下。"年轻人回答。

"好大的胆子！你竟敢在我面前说谎！你把我的秘密告诉了每一个人，现在人人都在议论这件事！"想起人们对他的耻笑，国王更加暴怒，他抽出腰刀在空中一挥，要把年轻人杀掉。

年轻人急忙跪下说："饶恕我吧，仁慈的陛下。您的秘密我并没有告诉任何人，我只是告诉了大地……"年轻人把挖坑讲秘密的事说了一遍。

国王听了年轻人的叙述，不相信。他带着年轻人和几个卫士，坐上马车要到田野里去看看。

当他们走到大树前面的时候，树上只剩下一根枝条了——所有的枝条都让人折去做了口哨。国王命令一个卫士折下那根枝条，做成小哨子吹给他听，只听见一个清晰得像是年轻人的声音："国王长着鬼耳朵！"

国王从卫士手里夺过口哨，放在自己嘴上一试，还是同样的声音。他气得把口哨狠狠地扔在地上，摇着脑袋叹息道："唉！世界上什么丑事都是瞒不住人的。"

约 翰 不 再 吹 牛 了

做不到的事情就不要轻易许诺，吹牛鬼约翰就饱受吹牛的痛苦。他总是爱夸下海口，向国王许下做不到的诺言，每次做不到就会被国王关进监狱。如此几次之后，约翰终于学会了实事求是，再也不吹牛了。

从前，有个国王，他身边有两个仆人，一个叫约翰，另一个叫皮姆。约翰是一个有名的吹牛鬼，他最喜欢对人许下美丽动听的**诺言**，不过这些诺言最终都是没有结果的空话。而皮姆最爱同约翰捣蛋，只要听见吹牛鬼约翰在对人吹牛或许诺，他就会拆穿约翰的谎言，让他**丢人现眼**。

一天，国王想在晚餐时吃山鸡。他叫来约翰吩咐道："你今天到山上捉十只山鸡回来。"

约翰一听就叫了起来："十只？陛下，十只太少了，我去替您捉一百只山鸡回来吧！"

国王听了很高兴："好吧，如果你真能捉住一百只山鸡，我

赏你一百枚金币。"

皮姆在一旁听见了，立刻**偷偷地**抢在吹牛鬼约翰前面，爬到了山上，对山鸡们说："快飞走吧，山鸡，快拍着翅膀飞上天空吧，吹牛鬼约翰就要来替国王捉山鸡了。"等约翰好不容易爬上山顶，一只山鸡也没有了。他只好空着手回到了王宫。国王十分生气，命令卫士们把他关进监牢，一关就是整整一百天。

一百天以后，国王才把约翰放了出来。

一天，国王想在晚餐时吃到新鲜的活鱼。他叫来约翰，对他说："你到河边去，给我捉五条鱼回来。"这一回，约翰不敢吹得太厉害了，他还没有忘记上次坐牢的**滋味**。于是，他对国王说："陛下，五条太少了，让我替您捉五十条回来吧！"

国王点头说："好吧，如果你真的能捉五十条鱼回来的话，我每一条赏你五枚金币。"

这话又让皮姆给听到了，他又悄悄地赶在约翰前面来到河边，对鱼说："快游走吧，鱼，快摇动身体游到对岸去吧，吹牛

鬼约翰就要来替国王捉鱼了。"当约翰来到河边捉鱼时，竟连一条也没捉到。约翰没办法，只好空着手回到了王宫。国王十分生气，约翰又被押进监牢，关了整整五十天才被放出来。

一天，国王想在晚餐时吃野兔，把约翰叫来，对他说："约翰，你到田里捉一只野兔子回来。"

约翰对国王说："陛下，一只太少了。我替您捉十只回来吧！"约翰变得比以前又老实了一些。其实，这也难怪，谁愿意老待在监牢里呢？国王说："也好，如果你真的能给我捉十只野兔子回来，每只赏你十枚金币。"

可当约翰急匆匆地跑到田里时，竟连野兔影子也没见着。原来，又是那个皮姆捣的鬼。约翰只好又空着手垂头丧气地回到了王宫。国王非常生气，把约翰押进监牢又关了整整十天。

几天后的一个早晨，国王想在晚餐时吃到野山羊。他要约翰去树林里捉一只野山羊回来。约翰告诉国王："我的陛下，我立刻就到树林里去，看看能不能给您捉一只山羊回来。"

皮姆又在一旁听到了，不过这次他可没有再去给约翰捣蛋。因为约翰现在已经变老实了。

果然，约翰真的给国王捉了一只野山羊回来。他高兴极了，国王也笑呵呵地对约翰说："干得好哇！约翰，如果你这次又许下办不到的诺言的话，可能还得去坐监牢！"

从那天起，约翰像变了个人似的，再也不轻易向人许那些做不到的诺言了。

七 岁 的 骑 士

北爱尔兰的康乔巴尔国王在与同伴就餐之时，被一群白色巨鸟引到一座白色羽毛铺盖而成的小屋里，他们在这里捡到一个新生儿。后来，他们得知这个婴儿是太阳神的儿子，太阳神给他取名为西塔拿。西塔拿从小就结实健壮，动作敏捷，七岁便作为北爱尔兰的骑士参加重大的战役，他还有一个更响亮的名字，叫古古林。

当强有力的约蔡德国王在他的塔拉城堡里统治着爱尔兰大地的时候，康乔巴尔国王则**统治**着北爱尔兰王国。有一天，国王像以往一样，同他的骑士们和朋友们一起同桌就餐，他们正愉快地喝着蜂蜜水。突然，蔚蓝色的天空笼罩着一块巨大的阴云。康乔巴尔和他的随从们走近窗户想看个究竟，眼前出现的情景使他们大为惊骇。这时，只见九群白色巨鸟正在平原上空盘旋，每群巨鸟由二十只组成。它们向田野和牧场猛扑下来，向地里的麦穗和牧场上的青草袭去。仅仅几分钟光景，它们就将田地和牧场劫掠一空，只剩下一片**光秃秃**的土地，像是被太阳炙烤过一般。

所有的人都**眼睁睁**地看着这幕不吉祥的惨景。康乔巴尔第一个恢复了镇静，他立即拿起剑向门外冲去，其他人也拿起长矛和弓箭跟在他的身后，急匆匆地赶到马厩，挑选了九匹最快的马，分乘九辆马车，冲出城堡，去追寻巨鸟，对它们乱箭齐发。

巨鸟又一次掠过田野上空，然后便开始向地平线飞去。康乔巴尔和他的随从们这时才发现巨鸟是成双成对地飞翔，它们由一根闪闪发光的金线系在一起，搅得骑士们**眼花缭乱**。

未待他们反应过来，巨鸟已经飞得老远，只剩下两只没有走，好像是尚未打定主意。在犹豫了很长时间之后，它们便向南飞去。

国王的姐姐德奇蒂尔，驾着康乔巴尔的马车。她用鞭子打着马，马车直向巨鸟冲去，后面扬起滚滚烟尘直冲天际。其余的八辆马车紧跟在德奇蒂尔的后面。

但是，尽管他们全力追赶，还是没有赶上。巨鸟越飞越远，很快就消失在地平线上。康乔巴尔明白这时他们已经远离城堡，于是停了下来，仔细观察周围的情况。太阳正在落山，夜幕即将降临，四周**荒无人烟**。

康乔巴尔派出两名骑兵进行侦察，在山谷里发现了一间破败不堪的简陋小屋。他们觉得让国王和他的随从在这间破屋里过夜大为不恭。然而康乔巴尔国王却并不这么认为。

"去看看那间小屋吧。"国王说，"哪怕是露天夜宿又有何妨？"

于是，大家一起走向那间奇特的小屋。小屋的墙壁是木头

的，但屋顶却不用草或芦苇，而是用白色羽毛铺盖的。

他们走下马车时，一位男子向他们走来，请他们**原谅**他的住所的简陋，并且非常恭敬地邀请他们入内。康乔巴尔国王和他的随从们从一个低矮的小门走了进去，他们并不知道一件十分令人惊异的事情正等着他们。他们原以为走进的是间寒酸的小房间，结果却在里面发现了一个明亮的大厅，里面还放置了许多桌子。主人请他们就餐，他用野味、各种肉食、蜂蜜水和精美的葡萄酒招待他们，简直比宫廷的晚餐还要丰盛。临近半夜时分，主人走到德奇蒂尔身边，对她说：

"尊贵的夫人，在隔壁房间里，我的妻子正在为我们的国王分娩一位新臣民。请你跟我来一趟，现在她正难产，需要你的帮助。"德奇蒂尔跟他走去，做了他所要求的一切。到了半夜，房里传来了婴儿的啼哭声。与此同时，主人家的一匹母马在小屋后面的马厩里也生下了两匹可爱的小马。第二天早晨，康乔巴尔在阳光的照射下醒来了，他向四周一看，令人惊奇的事情又发生了。小屋的篱笆和墙壁以及马厩都不见了。只剩下一个用毛皮大衣裹着的新生儿放在草地上，两匹小马在他周围**欢蹦乱跳**。

德奇蒂尔从未生过孩子。她抱起婴儿，对他微笑。她感到十分幸福，说要像抚养亲生骨肉一样将这个小男孩带大。她登上马车，将婴儿**小心翼翼**地放进康乔巴尔的怀里，扬鞭驱马而去。

他们来到一个湖边，阳光映射在湖面上，她有些头晕目眩，不住地眨着眼睛。就在这时，她仿佛看到头戴着一顶金盔的太阳神站到了她的身边。

"谢谢你，德奇蒂尔。"太阳神用**感激**的语气对她说，"是我派遣那些白色巨鸟去你兄弟的城堡，也是我为你们准备了那间有羽毛屋顶的小屋。请你千万不要忘记，昨天半夜在这间小屋里出生的婴儿就是我的儿子，我给他取名叫西塔拿。不过，不用很久，他还会有另一个使他声威远扬的名字的。请你好好抚养他，他会很快成为北爱尔兰最伟大的英雄。"

话一说完，太阳神的身影就消失了。德奇蒂尔睁开眼，她想，刚才可能自己是做了一场梦。然而，无论如何她永远忘不了神的面孔和他所说的话。此后，她竭尽全力地遵循太阳神的命令，像照顾自己的亲生儿子一样精心抚养西塔拿。西塔拿成长得快，身体**结实**健壮，动作十分敏捷。当他同小伙伴们一起玩耍时，他总是表现得异常勇敢。

有一天，康乔巴尔国王将西塔拿带到了他的教父古南铁匠那里。当国王在同古南谈话时，西塔拿独自在院子里**玩耍**。这时天色已黑，国王和铁匠都忘记了小男孩。古南养着一条高大的狼狗用来夜晚守门，高大的狼狗看到一个陌生的小孩，就龇着獠牙扑到他的面前。这时西塔拿拿着一根已经玩了一阵子的铜棍子，向狼狗猛击了一下，狼狗便倒地死去了。

国王、铁匠和其他人闻声跑了出来，但为时已晚。西塔拿讲述了事情发生的经过，保证替铁匠训练一只比那只狼狗更好的看门狗。铁匠耸耸肩，这时国王的一位随从宽慰他说：

"由他去吧，但愿他能遵守诺言！如果真能办到，他将不愧为北爱尔兰最勇敢的军人。"

"那么，该给这位勇士取什么名字呢?"国王问道。

"就叫古古林吧。"随从回答说，"这个名字在古书里也有**记载**。"

年轻的小伙子实现了他的诺言。不久之后，他就把一条亲自驯养的狗送给了铁匠，狗训练得如此之好以至于古南不禁**目瞪口呆**。

西塔拿，或者说古古林，从国王那里得到了一个铜盾牌，一支长矛和一柄剑。康乔巴尔还允许他挑选一辆最好的马车。他从十七辆马车中选中了最适合他的一辆。

这一天，他同国王和士兵们一起出发，以北爱尔兰骑士的名义参加了他有生以来的第一次大战役。

这一天恰好是他的生日，当时他不过年满七岁。

金 跳 蚤

玛若莉和妈妈住在阴暗潮湿的小屋里，生活拮据，每天饱受跳蚤的困扰。有一天，跳蚤都变成了金跳蚤，玛若莉拿它们去换法郎，她和家人就再也不会挨饿了。但贪婪的珠宝商不满足，打听到金跳蚤的来源之后立刻把玛若莉的家占为己有，没想到不仅没等到金子，连以前买到的金跳蚤也复活变成了跳蚤，成千上万的跳蚤让珠宝商傻了眼。

法国有一座城，城西有个小姑娘叫玛若莉。玛若莉家里很穷，她和妈妈、妹妹住在一间租来的、没有窗户的小房间里，每天吃不饱穿不暖，瘦得皮包骨头。由于房间里照不到阳光，所以跳蚤特别多，每天夜里总要**成群结队**地爬到她们身上来吸血。

玛若莉的妈妈看见可怜的女儿们生活得这样苦，心里难过极了，常常向神**祷告**，希望幸福早日来临。

有一天夜里，玛若莉果真梦见幸福降临了。第二天醒来，她发现地上有很多跳蚤。她伸手去抓，却见这些跳蚤身上发出一闪一闪的光芒。玛若莉赶快将妈妈摇醒："妈妈，妈妈，你

看，金跳蚤！"

　　"哪来的金跳蚤？"妈妈睁开惺忪的睡眼，朝地下一看，"啊！金跳蚤！果真是金跳蚤！"

　　妈妈立刻起身，把地上的金跳蚤一个一个拾起来，想把金跳蚤拿出去卖了，换回点儿食物来。可是由于饿得太久了，还没等走到门口，她眼前一黑，就栽到了地上。

　　"妈妈，你怎么啦？"玛若莉一步冲上去，扶起了妈妈。

　　妈妈有气无力地说："好孩子，这些金跳蚤来得太晚了，妈已经走不动了。"

　　玛若莉急忙**安慰**道："妈妈，你不用担心，我会把金跳蚤拿去卖了，再给你和妹妹买些吃的回来的。你先休息一下吧！"

　　"好吧，也只能这样了。"妈妈**无可奈何**地点了点头。

　　玛若莉双手捧着金跳蚤，来到城东珠宝店。店主是个贪心十足的人，虽然他已是全城的首富了，但还是要想尽办法坑害别人，赚黑心钱。

　　珠宝商一见玛若莉走进店门，立刻指着门外对她嚷："快滚出去，吓跑了我的顾客，我要你的命！"

　　玛若莉被骂得脸涨得通红，真想马上转身回家，可是妈妈和妹妹正等着自己带吃的东西回去呀！玛若莉强压着**愤怒**，无可奈何地装出一副笑脸："先生，我是来卖金跳蚤的。"说着，伸出握着金跳蚤的手。

　　"啊，金跳蚤！请进，请进。"珠宝商一见金跳蚤，脸上立刻堆满了笑容，"小姑娘，这些金跳蚤我都要了，每个算你……一个法郎，怎么样？"他欺负玛若莉不懂得做生意，拼命把金跳

蚤的价钱压低。

"一法郎一个?"手上这么多金跳蚤,值好几十个法郎,妈妈和妹妹再也不会挨饿了。想到这里,玛若莉高兴地跳起来:"行啊,行啊!"

珠宝商怕玛若莉**变卦**,赶忙点清了金跳蚤,又数出钱塞给了玛若莉,还对她说:"小妹妹,如果你还有金跳蚤,就拿到我这儿来吧,我会全部买下的。"

玛若莉接过钱,答应了声:"好吧。"然后**蹦蹦跳跳**地跑去买食物了。

这一天,玛若莉一家三口过上了她们有生以来最快乐的日子,不但吃上了从来没见过的好东西,而且还穿上了很漂亮的新衣服,再也不用为**饥饿**和寒冷担心了,连睡觉都觉得安稳多了。当然,跳蚤们仍然要来吸她们的血,可一想到正是这些跳蚤给她们带来了幸福生活,也就没有怨言了。而第二天早上,她们又看到了遍地的金跳蚤。

做了几次买卖后,珠宝商奇怪了:这个小女孩怎会有那么

多金跳蚤呢？于是，就向玛若莉打听起来。

诚实的玛若莉识不破珠宝商的坏心眼，经他一问，就一五一十地把真相全告诉了他。谁知这么一来，厄运就落到她们头上了。

一天，玛若莉正和妈妈、妹妹一起边吃边谈话，忽然闯进几个大汉来，对她们说："喂，珠宝商已把这间房子买下了，你们赶快滚吧！"

玛若莉急了，拉着妈妈说："妈妈，那我们住到哪里去呢？还有那些跳蚤怎么办？"

"傻孩子，"妈妈笑着轻声安慰女儿，"做人不可太贪心。我们攒下的钱已足够过好日子了，咱们走吧！"

妈妈拉着两个女儿搬走了。

珠宝商急不可待地想得到金跳蚤，当天夜里就钻到小房子里来睡觉。半夜那些跳蚤果然又来了，跳到他身上拼命地咬呀、吸呀，这滋味实在是太不好受了，可是为了明天能得到更多的金跳蚤，珠宝商情愿多挨几下侵袭，也要咬紧牙关坚持下去。

好不容易挨到天亮，珠宝商不顾被跳蚤咬得又红又肿的身子，跳起来满屋子寻找金跳蚤，哪料到竟连金跳蚤的影子也没见着一个，只好垂头丧气地回到家里，想在收藏着的金跳蚤身上找点儿安慰。打开保险柜一看，珠宝商傻了眼，里面哪有什么金跳蚤，只有成千上万的跳蚤蜂拥而出，跳得身上、家具上、地板上、珠宝店里里外外上上下下到处都是。

原来，玛若莉卖给珠宝商的金跳蚤都活过来了。珠宝商眼睁睁地看着满地的跳蚤，一句话都说不出来。

恶 魔 的 尾 巴

从前有一个懒汉，为了不劳而获，他竟然准备把自己儿子的灵魂卖给恶魔，幸亏儿子及时发现了懒汉父亲与恶魔签的契约。小伙子为了拯救自己，踏上了寻找恶魔的路途。途中遇到的姑娘告诉他恶魔的致命弱点，帮助他战胜恶魔，保住了自己的灵魂。后来，小伙子和那位姑娘结了婚，依靠自己的劳动果实生活着，只要有手杖、土地和白面包就足够了。凭自己的双手创造的幸福才牢固，懒惰只会让生活越来越糟。

从前，在一个地方有一个很**懒惰**的人。他不爱劳动，总拾些山果和树莓当饭吃。

这个懒汉有妻子和儿子。妻子**千方百计**地劝他去劳动，但是没有用。懒汉照旧整天闲溜达。

于是，生活一天不如一天，变得越来越困苦了。家中缺衣少食，有时候连一片面包也没有。

有一天，发生了一件奇怪的事。

这个懒汉突然成了一个富人。他穿上考究的衣服，牲畜棚

里养上了牲口，面包柜里也堆满了白面包。

儿子非常吃惊，就去问他这是怎么回事。但是，他哆嗦着，用奇特的目光望着儿子，什么话也不说。

这件事发生后不久，这个懒汉死在森林的池塘边，变成了一具僵尸。这天晚上，他的妻子也死了，仿佛跟着她的丈夫一起去的。

儿子伤心地哭着，安葬了双亲。葬礼结束后回到家里，一阵凄凉、孤苦的感觉紧紧地攫住了他。他独自坐在空荡荡的屋里，风吹动房门发出"咯吱、咯吱"的响声，听上去简直像鬼神在诅咒。

忽然，他往衣柜的抽屉里看了一眼，这下真把他吓瘫了。

呀！抽屉里竟装满了金币！这些金币的旁边有一份文书。乳白色的封面上写着字，好像是张买卖契约。

儿子逐句往下念，他又一次吓呆了。

这是懒汉跟恶魔签订的契约。他用二十四万法郎把儿子的灵魂卖给了恶魔。契约上写着，交魂的日期是儿子满二十一岁这年。这个契约，恶魔那里也保存着一份，到时候，恶魔如果拿不出契约，就无权从儿子那儿拿走灵魂。

小伙子脸色苍白地叫道："再过一个星期我就满二十一岁了，我必须在这之前赶紧采取行动，把恶魔的钱都分给别人，并且一定要从恶魔那儿把契约拿回来！"

他把一些钱分给穷人，又寄了一些给慈善医院。

处理完钱以后，他就把家里剩下的三个鸡蛋煮熟，然后把一块面包、一把仔细磨好的菜刀一起包好，带着这些东西离开了家。

黎明时分，他来到一个树木**繁茂**的地方。

树林旁边，有一个人正在那儿劈柴。

"喂，请问，我要去见恶魔该往哪儿走？"

这个人不说话，只摇了摇头，似乎在说：往哪儿走都行。

又走了一会儿，碰到两个女人。他又问了同样的话。这两个女人在胸前划了十字以后就把路告诉了他。

他顺着那条路一直走去。不一会儿，在原野上遇见一个活泼而健康的牧羊姑娘。他又像前两次那样，向姑娘打听恶魔的住处。姑娘答道："你不能再往前走了，再朝前三步，就是恶魔的土地。瞧！那儿有一块高大的岩石，上面耸立着一座塔，在那座塔里，每天晚上都要举行恶魔的**宴会**。男魔鬼、女魔鬼，还有地狱里的妖精们都来了。到那儿去的人，没有一个能回来，你千万别走近那地方。"

"但是，我为了得到自由，一定要到那儿去。"

于是，小伙子就把灵魂买卖的事**原原本本**地告诉了那姑娘。姑娘并没有像其他人那样感到害怕。她握着小伙子的手，温和地说道：

"既然这样，就拿出勇气来吧。上帝一定会保佑你的。"

听到这话，小伙子感到勇气倍增。

"不管恶魔长着多么可怕的角，我也一定要把那份契约拿回来。"

姑娘又说道：

"无论什么对手，都要看准他的弱点。恶魔的致命点不是

角，而是尾巴。所以，你应该把他的尾巴作为进攻的目标哇！"

然后，她把手里拿的榛木手杖交给了小伙子，继续说：

"这根手杖，是以前蛇和兽送给我自卫用的，它一定能保护你，不让你受到恶魔的伤害。"

就这样，小伙子终于登上了恶魔的**城堡**。

城堡的客厅里，魔鬼们喝酒唱歌，热闹非凡。

恶魔宴会的客人有蛇、像鸟一样大的胡蜂、金龟蜂、獾、野猪、蚜虫、虱子、草鞋虫等等，一看就知道尽是一帮**臭味相投**的家伙。

时间一点一点地过去，可怕的怪物一个接着一个出现，有长着狗头的猪、长着猪头的狗，还有比一般山羊和狼大两倍到三倍的羊和狼……怪物们齐声高喊：

"嗬——老爷驾到！嗬——老爷驾到！"这时，恶魔闪电般地出现了。他长着长长的角，还有一条披着浓毛的尾巴。

小伙子躲到隐蔽处，等候机会。

当恶魔刚刚跨过门槛的时候，小伙子用尽全力一下子把门关上，夹住了恶魔的浓毛尾巴，然后飞快地把姑娘送的手杖插进门闩之间。

恶魔**惊慌失措**，拼命挣扎，但是，尾巴怎么也拔不出来。

小伙子立即取出菜刀，在最靠近门的地方，把恶魔的尾巴"咔嚓"一下切断了。

"放开我！把尾巴还给我！"

恶魔翻来覆去地哀求着。

小伙子仍不罢休，他叫道："把那张契约还给我！"

在门的这一边和门的那一边，恶魔和小伙子一直**对峙**着：

"把尾巴还给我！"

"把契约还给我！"

"契约在地狱里！"

"派人去拿！"

"放在我的柜子里！"

"那就让仆人去拿！"

恶魔"嘎嘎"地叫嚷着，但是小伙子既不打开门，也不放开尾巴。

恶魔对他毫无办法。

恶魔终于认输了，他没办法，只好把契约从门缝里塞过去。

小伙子把契约仔细检查了一遍就藏进怀里。

然后，他才从门闩上拔掉榛木手杖。

恶魔拿回尾巴，把它缝到屁股上，立刻**狼狈不堪**地逃走

了。从此，他再不敢去城堡了。

小伙子和送手杖给他的那个牧羊姑娘结了婚。

他们依靠自己的劳动果实生活着。在他们的幸福生活中，只要有手杖、土地和白面包就足够了。

小 指 娃 娃

小指娃娃只有小指头那么大，虽然个头小，但力气却比谁都大。他拿得起八百斤的棒槌，还能将棒槌扔到三百多里之外；他能拔起森林里最粗大的树，还能将树木运回家；他能用十二张牛皮编成的鞭子把熊赶出窝，连老鬼看到也会怕他……拥有如此力量的小指娃娃会用他的力量做些什么呢？

有一个女人，生了三个女儿，两个儿子。

有一天，天气很好，女孩子在花园里玩，突然不知从哪儿飞来一条五头龙，带走了小女儿。第二天，飞来一条七头龙，带走了二女儿。第三天，飞来一条十二头龙，带走了大女儿。

兄弟们见了，很**着急**，想去寻找姐妹。但是，龙把兄弟们杀死了。

母亲心里很痛苦，**自言自语**地说："唉，我的命苦哇！苦哇！我连一个儿女也没有了，谁来帮助我呢？"

突然，有人回答说："妈妈，别难过，我来帮助你。"

女人十分惊奇，问："你是谁？"

111

"您的儿子。"

女人定睛一看，面前站着一个小指大小的娃娃。

"妈妈，我在这里！"小指娃娃说，"您发生了什么意外的事？"

母亲诉说了自己的不幸，小指娃娃听了，走到铁匠铺里，定做了一个棒槌，重一百六十斤，带着它，**寻找**被抢走的姐妹去了。

小指娃娃走哇，走哇，来到一所铜房子前。这所房子在四只铜做的鹤脚上转动。"房子！停住！"小指娃娃说。

可房子没有停下来，小指娃娃**挥舞**棒槌，打断了房子的一只脚，房子不转了。小指娃娃走了进去，在这里找到了被五头龙抢走的小姐姐。

小指娃娃告诉她自己是谁，为什么来。但是，姑娘见他身材小如指头，不相信他是自己的救命恩人。

这时，五头龙在四十里以外丢来一根两百斤重的棒槌，打开了门。小指娃娃拾起棒槌，把它丢到八十里以外。棒槌在五头龙的头上飞过，五头龙**害怕**了，他知道家里有一个力气比他大的人。

五头龙回到家里，对自己的囚徒说："我闻了闻，总觉得有异样的气味！"

"是我的兄弟。"

"在哪里？让我见见面！"

"喏，就在角落里。"

"是我，是你的小舅子。"小指娃娃跳到龙面前的桌子上说。

"小舅子，我看你倒是一个**勇敢**的青年。"五头龙说。

"确实不比你弱。"

"给我们做一点儿吃的！"龙吩咐姑娘说。

姑娘拿来一块石头面包，一把甘蔗刀和一桶酒。

"小指娃娃，你给我们来切面包！"五头龙说。

小指娃娃把面包切成了碎块，五头龙刚吃完面包，小指娃娃也吃完了。五头龙又捧起酒桶想喝，可是正当五头龙要喝酒时，小指娃娃从龙嘴边夺走酒桶，一下子倒在地上。于是，他们到铜牧场上去决斗。小指娃娃只用三个回合就将五头龙打倒在地，砍下他所有的头。

小指娃娃临走时，**嘱咐**小姐姐在这里等他，他去解救另外两个姐姐之后，再一起回家。

小指娃娃继续朝前走，来到了一所银房子前，房子在四只银的鹤脚上转动。

"停住！停住！"小指娃娃对房子喝道。

房子没有停。小指娃娃打断了房子的一只脚，房子才停止**旋转**。小指娃娃走了进去。这时，七头龙正准备回家，他在老远的地方就感到情况反常，在八十里以外将自己四百斤重的棒槌先扔到家里。小指娃娃接住棒槌，又把它丢到一百六十里之外。棒槌在龙的头上一飞而过，七头龙害怕了，他赶快回家。小指娃娃跳到七头龙面前的桌子上站着。

"我在此地，七头龙！"

同在五头龙家里一样，他们一起吃饭、喝酒之后，小指娃

娃在银牧场上打死了七头龙。

小指娃娃也嘱咐第二个姐姐等在房子里，他去**解救**大姐后再回来。

小指娃娃继续往前走，来到一座金房子前。房子在鹤的金脚上转动。这里的事比较难办，龙有十二个头。姑娘给小指娃娃一块头巾以防万一。她说，只要用头巾擦一擦脸，力气就会**恢复**。姑娘还说，不能让龙去喝金溪里的水，否则龙就能战胜他。

这一次，小指娃娃把龙的八百斤重棒槌扔到了三百多里以外。当十二头龙出现在家里时，他们开始在金牧场上决斗。眼看十二头龙要取胜了，小指娃娃马上用头巾擦一擦脸，恢复了力气，把龙压得双肩着地。十二头龙也很聪明，请求到金溪里去喝水。小指娃娃不但不答应，而且把龙压得更紧，要砍龙头了。十二头龙苦苦哀求说，在一根金条下有一根树枝，用它可以救活被杀死的哥哥们。

小指娃娃听了，举刀结果了龙的性命之后，马上找到了金条下面的金树枝，救活了哥哥们。他们比原来还要漂亮十倍！

小指娃娃将三个姐姐、两个哥哥带回家里。可是两个哥哥见自己没有救出姐妹，而小指娃娃不但救了三姐妹，还使他们复活，心里产生了嫉妒，决定要摆脱小指娃娃，夺走他的**荣誉**。

有一天，他们在森林里走路时，两个哥哥指着一棵树，问小指娃娃是否拔得起来。结果，小指娃娃不费吹灰之力就拔起了树。

于是，两个哥哥又指着一棵更粗的树，小指娃娃也拔了起来。

最后，两个哥哥指着一棵最粗大的树，要小指娃娃拔。当小指娃娃正在拔最粗大的树时，两个坏哥哥把他缚在了树上。

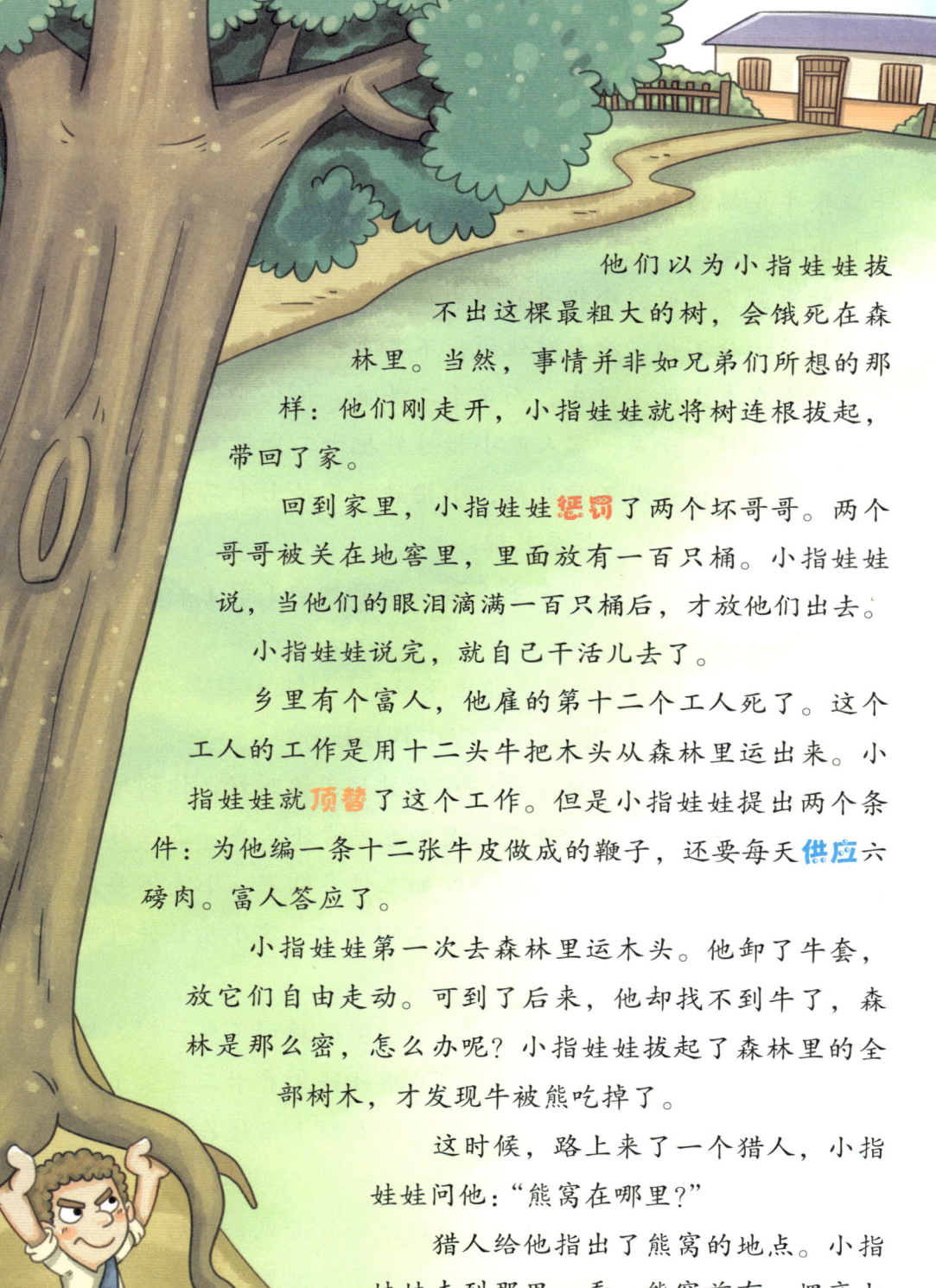

他们以为小指娃娃拔不出这棵最粗大的树，会饿死在森林里。当然，事情并非如兄弟们所想的那样：他们刚走开，小指娃娃就将树连根拔起，带回了家。

回到家里，小指娃娃惩罚了两个坏哥哥。两个哥哥被关在地窖里，里面放有一百只桶。小指娃娃说，当他们的眼泪滴满一百只桶后，才放他们出去。

小指娃娃说完，就自己干活儿去了。

乡里有个富人，他雇的第十二个工人死了。这个工人的工作是用十二头牛把木头从森林里运出来。小指娃娃就顶替了这个工作。但是小指娃娃提出两个条件：为他编一条十二张牛皮做成的鞭子，还要每天供应六磅肉。富人答应了。

小指娃娃第一次去森林里运木头。他卸了牛套，放它们自由走动。可到了后来，他却找不到牛了，森林是那么密，怎么办呢？小指娃娃拔起了森林里的全部树木，才发现牛被熊吃掉了。

这时候，路上来了一个猎人，小指娃娃问他："熊窝在哪里？"

猎人给他指出了熊窝的地点。小指娃娃走到那里一看，熊窝前有一棵高大

的树。小指娃娃拔起树，交给猎人，然后走进熊窝，他抽出用十二张牛皮编的鞭子抽打熊，熊马上受不住了。小指娃娃从窝里赶出十二头熊，套上大车，赶回了家。

快要到家里时，小指娃娃用力抽十二张牛皮编的鞭子。主人听到后十分害怕，派人对他说，不要再抽得那么响了。当富人看到套在车上的不是牛，而是十二头熊，怕得要命，决心要谋害小指娃娃。于是，富人派小指娃娃把十二袋糠拿到龙的磨坊里去加工。但是龙不肯轧糠，小指娃娃就抽出十二张牛皮编的鞭子抽打龙，**迫使**龙答应轧糠。

小指娃娃回家时，又在主人房子面前抽响了鞭子，声音震动了整幢房子。

就这样，一连过了几天，谁也不敢打搅小指娃娃。

富人全家一起商量，如何杀害小指娃娃。

一天，富人对小指娃娃说："小指娃娃，你听好，你到地缝里去找鬼。他们借了我的麦子，怎么也不肯还给我，已经好几年了。你去找他们，讨回本钱，外加三倍多**利息**。小麦不要，要金子，要十二袋金子。走吧!"富人以为这一次小指娃娃可回不了家了。

小指娃娃来到鬼的家里，用鞭子着实地教训了鬼一顿。鬼没办法，只得**偿还**了十二袋金子。小指娃娃拿着十二袋金子回家。路上，他遇到一个最老的鬼，老鬼看到小指娃娃背着十二袋金子，心中大怒，命令小指娃娃背回去。

但是，小指娃娃抽出鞭子，狠狠地抽打老鬼。然后，小指娃娃拆掉车上的轮子，命令老鬼站在轮子的位置上代替轮子。

尽管老鬼很不愿意，还是被迫**服从**了。

　　小指娃娃来到富人家门口，又抽响了鞭子，叫主人出来迎接。富人一见十二袋金子和老鬼，怕得马上关上了门。富人派人告诉小指娃娃，要他带着金子和老鬼**离开**这里，以后永远不要来了。

　　小指娃娃很高兴，拿着金袋，回到家里去了。在铁匠铺门口，他停住大车，送给铁匠一袋金子，放走了老鬼。

　　后来，他回到了自己母亲身边。他们生活得很幸福。

魔　　石

贝楚法尔伐山的山顶有一块与众不同的石头，这块深红色的石头有魔力，曾经救过许多人的性命。可是好景不长，这个地方出现了一个残暴的首领，他叫卡尔伐里，他看上了一个美丽的姑娘齐拉，并且利用魔石的优势把她抢了过去。齐拉的父亲带兵前去解救女儿，他消灭了卡尔伐里并且解救了齐拉。

　　假如你爬到贝楚法尔伐山的**山顶**，你就会看见一块长满苔藓的石头。它和山上别的石头不同，上面十分平坦。如果你用手杖把苔藓拨开，就会看见石头是深红色的。不要小看这块有趣的石头，它还有一段历史呢！

　　从前，它是有魔力的，**曾经**救过许多人的性命。那么，它是怎样失去魔力的呢？

　　当西徐亚的勇士们离开了他们的国土，开始在塔尔赤省定居时，曾经乞求他们的哈图尔神为他们的新居赐福。那时，他们利用贝楚法尔伐山山顶上这块石头作为祭坛，在上面供奉哈图尔神。从此以后，每当西徐亚遭到敌人的攻击时，他们只要退到山上，聚在魔石四周，就十分安全了。

任何敌人要在那里击溃他们是不可能的，只要他们爬上贝楚法尔伐山，就会感到全身的骨头疼痛难忍；他们的箭也会变得软而无用。可以说，这块石头对西徐亚人来说，是神对他们的最大**恩赐**了。

但是，这种幸福没有持续多久，因为他们之中出现了一个残酷的首领，名字叫卡尔伐里。他一生最大的**享受**就是杀戮无辜的人民。他是他们最大的祸患。他到处杀人放火，给善良的人们带来贫困和不幸，附近一带的居民都恨死他了。

百姓们曾经几次自发组织军队，打算消灭卡尔伐里和他的强盗伙伴。可是卡尔伐里却在贝楚法尔伐山旁边的山上筑起了一座高大的城堡，它的城墙和雉堞造得非常坚固，使得进攻的人常常被迫撤退。最后，那些可怜的百姓终于丧失了斗争的勇气和信心。

这时，附近住着一个勇敢而又高贵的男爵，他的名字叫凯内茨。他有一个女儿叫齐拉，她的美丽全国闻名，许多勇敢的骑士和贵族的儿子都来向她求婚，她都没有选中，谁料到终于有一天，残酷的骑士卡尔伐里来求婚了。

齐拉战栗着回答："我不能成为强盗和杀人犯的妻子，他给可怜的人民带来了多少不幸啊！"

卡尔伐里想到有人竟敢**违抗**他的意愿，顿时气得脸色煞白。"现在你可以拒绝我，"他大声吼道，"但是你总要成为我的妻子的，即使用武力来抢，我也要把你抢到手！"说完他就走了。

不久之后，齐拉和一个年轻的骑士订了婚，她深深地爱着他。百姓们非常**爱戴**齐拉，订婚那天，大家举行了宴会、集市和武艺比赛。

有一天，齐拉和她的爱人骑马去参加一个狩猎会。这是一次多么愉快的集会呀！山谷里充满了男女青年的欢笑声，方圆几里之内都能听到猎犬的吠叫。天黑下来后，猎人们便燃起一堆大火，在火堆上烤着捕获的一些猎物。他们兴致勃勃，一边开怀畅饮，一边**高谈阔论**，直到吃得**酒足饭饱**为止。

吃完晚饭，女人们回到她们的帐篷去休息，男人们就在火堆边躺下来睡觉。他们留下几个人看守，免得人们受到野兽的袭击。

不久，守卫的人听见一阵杂乱的马蹄声由远及近而来，这说明有一大队骑马的人正朝他们走来。守夜者一面向沉睡的人们报警，一面拿起武器准备抵抗。这些年轻的猎人个个勇敢善战，体魄强壮，是全国最好的勇士。

　　转眼间发生了一阵骚动，刀剑的碰击声、人体砰然倒地的声音、呐喊声和女人们的尖叫声乱作一团。袭击者顺着叫喊声进入帐篷，一会儿，就听到了齐拉的惨叫："救命，救命啊，卡尔伐里把我抢走了！"接着，卡尔伐里和他的那群恶奴带着他们抢来的姑娘**疾驰**而去。

　　年轻的猎人们连忙骑马追赶那群强盗。他们杀死了所有被他们赶上的人，最后逼近了卡尔伐里的队伍。正当他们乘胜追击的时候，忽然看见卡尔伐里和他的卫兵们向有魔石的山头奔去，不一会儿，卡尔伐里就带着昏厥过去的齐拉姑娘到达了山顶。齐拉的未婚夫和他的猎人朋友们急得**捶胸顿足**，不顾一切地朝魔石山上冲去。可是，每当他们要爬上山去的时候，他们的骨头就钻心般地疼痛起来，他们能够听到卡尔伐里和他的伙伴们的嘲笑声。猎人们**唤醒**了住在附近的人们，把山包围起来，以免强盗们逃跑。

　　尽管卡尔伐里感到这次是他有生以来最危险的行动，但是当他一看到美丽的齐拉，他的心就醉了，他还是觉得为她冒任何危险都是值得的。

齐拉的父亲为女儿的不幸感到非常**悲伤**。第二天，他带来了自己的全部军队。

凯内茨向山顶望去，看见卡尔伐里把齐拉带到那块魔石上。卡尔伐里看到猎人们和士兵几次努力爬山都遭到失败，开心得狂笑起来。

凯内茨眼里射出愤怒的火，面对魔石山**束手无策**。不曾想，正在这时，队伍中突然出现了一个银发银须的小老头儿，谁也不认识他，谁也不知道他是从哪里来的。只见小老头儿用嘶哑的声音对凯内茨说：

"你想救你的女儿吗，我的爵爷？"

"啊！自然。"凯内茨急切地回答。

"如果你能按照我的话去做，那么她立刻就会得救。"

凯内茨的一个部下插言说："我的爵爷，不要让这个老乞丐再使你心烦了。"但是凯内茨没有理他，反而相信这个神奇的不速之客。

"你们必须把武器放在旁边，然后，每个人互相握住手，排成一个圆圈，把山包围起来。"

"但是我们不敢放下武器。"有几个士兵不相信小老头儿的话，表示反对。

"你们不需要武器。"小老头儿解释说，"只要按我的话做，那些强盗全都会从山顶上摔下来，死在你们脚边。"

"那我的女儿齐拉会怎么样呢？"凯内茨问。

"她将平安地站在那块魔石上，等你去把她救下来。但是，我应该预先**警告**你，当你的女儿得救之后，那块石头就会失掉它的魔力。"

凯内茨和齐拉的爱人以及猎人和士兵们都纷纷**议论**起来，最后他们决定消灭卡尔伐里和他的同伙，救出齐拉，因为这比让石头保持它的魔力更重要。

他们围成一个圆圈。刹那间，所有的强盗都跌了下来，摔死在地上。凯内茨和他的部下急忙赶到山顶上，把齐拉救了下来。

不久，齐拉和她的未婚夫举行了婚礼，全国人民都**沉浸**在欢乐之中，可是贝楚法尔伐山顶的那块魔石却永远失去了它的魔力。

不过，值得庆幸的是魔石山埋葬了那个残暴的强盗头子卡尔伐里，把人们从他的暴虐下解救出来了。

死神与老太婆

在死神来临之际，每个人的反应都是不一样的。这个故事中的主人公老太婆在死神来临之际，就表现出了不舍。她不舍得自己好不容易积累起来的财富，于是她和死神不断周旋，乞求再多给她一些时间，死神经不住她的唠叨，便答应了，并且在门上写上"明天"。

从前，不在这儿，也不在那儿，而是在我们世界的某个地方，住着一个非常、非常老的老太婆，她比群山老，甚至比上帝本人的花匠还要老。她从来没有想到死，而且在她满口牙齿全掉光以后还在干活儿，干呀干，盼着有一天会富起来。她整天忙个不停，**笨手笨脚**，不是绊倒这个，就是踢翻那个，把凡是她的手指尖能碰到的东西都捡起来，藏好，恨不得把整个世界都往家里搬。尽管如此，她还是**孑然一身**，无依无靠。但是，她的汗水并没有白流。

她终于富裕起来，人也发胖了，而且愈来愈富，也愈来愈胖。她家里什么都不缺，从最小的斧子到最大的斧子，应有

尽有。

　　一天，死神用粉笔在她的门上打了个记号，来带她走。可是老太婆舍不得离开自己的财富，乞求死神再给她一点儿时间，比如十年、五年，或者一年半载。然而死神对她的恳求**置若罔闻**，说："快快跟我走，不然我可要动武啦。"

　　老太婆还是一个劲儿地**苦苦哀求**，让她再多活一小会儿，不过死神可不是好说话的；然而，死神还是拗不过老太婆的韧劲，终于答应说：

　　"好吧，再给你三个钟头。"

　　"太少啦，"老太婆回答，"别今天带走我，请你推迟到明天吧。"

　　"不行！"

　　"为什么？"

　　"不为什么……"

　　"还是推迟一点儿吧！"

"唔，"死神终于说，"既然你那么坚持，就饶你这回！"

"我还有一个愿望。请用粉笔在我的门上写上'明天'才好。看到这两个字，我会感到安全些。"

死神不想多费口舌同她**争论**，从兜里掏出半截粉笔，在她的门上写上"明天"两个字就走了。

第二天太阳出来的时候，死神出现在老太婆的屋前，发现她还躺在床上。

"跟我走！"死神喊她。

"别催啦，"老太婆回答，"瞧瞧门上写的是什么。"

死神朝门上望去，念着自己写在上面的两个字："明天！"

"好吧，不过我一定会再来的。"说完，死神就遁去了。

死神按照自己说的第二天再来时，又发现老太婆还躺在床上。她再一次**拒绝**跟死神走，指了指写着"明天"的门板。

这个把戏一直延续了一个星期。到第七天，死神不耐烦了，对老太婆说：

"够啦！你休想再**糊弄**我，用粉笔写上的字，我这就把它抹去。"死神把门上的粉笔字擦掉，接着说，"记住我的话，明天我还会来把你带走！"

死神撇下可怜的老太婆走了。老太婆非常沮丧，因为她知道不管自己愿不愿意，明天是必死无疑了。她难过极了，像一片发颤的杨树叶，在瑟瑟抖动。

第二天早晨，她恐惧得几乎失去理智，为了躲避死神，如若可能的话，她甚至会钻进一只空瓶子里。她上上下下，到处寻找一个藏身之处，猛然间记起在贮藏室里有一只装蜂蜜的桶，便爬进桶里，只有眼睛、鼻子和嘴巴露在蜂蜜上面。

　　"要是死神在这里找到我怎么办呢？不如藏在我的鸭绒毛里保险。"

　　于是她从蜂蜜桶爬出来，钻进鸭绒毛里。她依然觉得不安全，便又从里头钻出来，打算再寻觅一个更安全的地方。就在这个当儿，死神出现了。死神认不出**冷不防**站在自己面前的这个奇形怪状的东西，吓得夺门而逃。据我所知，直到今天，死神都不敢再**靠近**老太婆。

聪明的佃农女儿

 从前有一个穷人，在地里干活儿捡到一个纯金做的臼，他不顾女儿反对把它献给了国王，却反而被关了起来。佃农女儿为了解救父亲，一一解答了国王出的难题。父亲被救出来，国王也被佃农女儿的聪明所折服，并娶了她做王后。

　　从前有一个穷人，他有一小片土地，他和他的女儿就在那块土地上一起生活。一天，他在地里干活儿的时候，偶然碰到一个用纯金做成的臼。但是只有臼，没有杵。他当然要把臼带回家去，让自己的女儿看看，还说他一定要把它送给国王，因为他耕种的土地都是属于国王的。然而他的女儿比其他姑娘聪明，在没有杵的情况下，她求他不要把臼送给国王。但是佃农不听他女儿的**劝告**，而是坚持要见国王。可是他很快就意识到，女儿为什么劝他不要把臼送给国王。她是多么聪明啊！因为国王以为佃农自己把杵藏了起来，所以把他关在一个**不见天日**的牢里。

佃农现在非常后悔他没有听他的聪明女儿的劝告，他坐在牢里，大声抱怨自己的**愚蠢**。他的话让看守听见了，看守立刻向国王报告了这一情况。

　　于是国王想试一试佃农的女儿是否真的像她父亲说的那样聪明。他让他的侍从给她送信，说如果她完成了责令她去做的事情，她就能够把她的父亲从牢里解救出来。她必须要到王宫里来，但是既不要在白天也不要在夜里来，既不要乘车来也不要走着来，既不要穿衣服也不要不穿衣服来，既不要在路上走也不要走在路旁，既不要禁食也不要吃饱。

　　这一切佃农的女儿是这样完成的：她**黎明**的时候起床，把一张渔网套在身上，然后把渔网结在一个牛角上，让牛在路上沿着车轮子留下的**痕迹**驮着自己走，早上她就吃了一根葱。

　　国王对她的这一巧妙的安排很满意，他不仅把佃农放了出来，而且还娶了他的聪明女儿做王后。

　　过了一段时间发生了这样一件事情，一天，有两个农民各自拉着

一车粮食来到王宫。一个农民用牛拉车，另一个则用马拉车。正当他们的车停在那里准备卸车的时候，那个农民的马生了个小马驹。小马驹起来走到那头牛的旁边躺了下来。后来当两个农民走过去看见小马驹的时候，他们开始为到底谁该占有那个小马驹而争吵起来。用马拉车的农民说，小马驹是他的，因为小马驹当然是马生的。但是用牛拉车的农民却说，小马驹是他的，因为小马驹躺在了他的牛旁边。为这件事两个农民吵了很久，最后他们来到了国王这里，让国王为他们两人做出裁决。但是国王觉得，这是一件很麻烦的事情，他说他需要考虑考虑。

占有马的那个农民找到王后，请她帮忙搞清是非。这时王后建议他拿一个钓鱼竿待在一个国王能看见他的干地山坡上，让他假装在那里钓鱼。

那个农民照着王后说的那样做了，他站在那里钓鱼的时候，国王正好从他身边经过。于是国王问："你是发疯了吗？你怎么能站在干地上钓鱼？"

"噢，"农民说，"在这儿钓鱼对我来说就像一头牛能生个小马驹一样容易！"

于是国王裁决他有理。但是国王立刻明白：王后一定从中参与了这件事情。国王对王后以这种方式干涉他的事情异常恼怒，责令她回到自己的家和原来的贫困生活中去。但是她可以把宫中她最喜欢的东西带走，以此作为对她的宽恕。

临行前，宫里还安排了一个小小的告别宴会。但是王后给国王制作了一种安眠作用很大的饮料，以至于他坐在那里手里拿着杯子就睡着了。于是王后把他背在背上，背回到她父亲的家去。

当国王醒来的时候，他不知道自己是在什么地方，开始惊恐不安地叫起来。

"我是在什么地方？我是在什么地方？"他叫道。

这时佃农的女儿走进来跪在他的面前说：

"我亲爱的国王陛下！你曾答应，我可以从宫里带走我最喜爱的东西。因为你，我的国王陛下，是我最喜爱的，所以我把你带回到我的穷家来了。"

这一回答使国王异常激动，他被佃农女儿的深情所深深打动，他把她紧紧抱在自己怀里，又高兴地把她带回王宫。他们在那里一直生活到今天。

狮身人面兽和美人鱼

　　从前，在华沙的维斯瓦河住着一个被称为狮身人面兽的动物。他有着一颗温柔的心和无比高尚的精神，并一直保卫着华沙人民。有一次他看见了从海浪中浮出的美人鱼，很快他们就相爱了，一起回到了华沙。有一天外敌入侵，狮身人面兽英勇战死，化悲痛为力量的美人鱼投入到战斗中，用狮身人面兽的宝剑奋勇杀敌，最后正义终于战胜了邪恶，美人鱼取得了胜利。

　　许久许久之前，华沙还是个不大的城堡。当时红色的城墙围住的只有市场和几条小街。**规规矩矩**的华沙市民从事着手工业或商业，在维斯瓦河岸上，倚坡建造的茅舍如同燕子窝。这些茅舍里住的是渔民和放排人，他们的木排满载着粮和水果顺河漂荡。

　　自古以来，维斯瓦河的波浪里一直住着个被称为狮身人面兽的奇怪动物。

　　他有个漂亮的人脑袋，狮子的身子，尾巴像蛇，还有一对儿大蝙蝠的翅膀。他有着超人的智慧，无比**高尚**的精神，他的勇敢胜过最英勇的骑士。此外他还有颗温柔的心，对任何不幸都充满了同情。

谁也不明白，为什么杰出的狮身人面兽会如此偏爱这条灰色的静静**流淌**的河和这座河岸上的城。

只有一点是肯定的，那就是他在保卫着这条河和这座城市，在关怀爱护着他们，使他们免遭火灾和水患。他振动着自己巨大的翅膀**驱散**天上的乌云，一旦敌人前来进攻城市，他总是用自己的宝剑杀退敌人。

在平静、晴朗的日子里，他常常钻出维斯瓦河的波浪，出现在浅滩上。人们不止一次见到他在瞭望塔上或楼房的屋顶上，有时他会溜过王宫花园的绿草坪。夜晚，明月当空的时候，他会在市场上漫步，或跑过**狭窄**的街道，或在石头的台阶上休息。

华沙城的父老们感觉得到他的关怀，因此把他的形象永远留在了城市的印章上。所有的文件，为了证实他们的重要性，都要盖上狮身人面兽的火漆封或蜡封的印戳。

终于有一天狮身人面兽坐上了木排，漂了好远好远，一直漂到了波罗的海。他在木排上漂游，很是愉快。当木排撞到格但斯克海岸时，狮身人面兽遇见了从海浪中浮出的美人鱼。金发的美人鱼漂亮极了，她那鱼尾上的鳞闪着银光。她的歌声是那样优美动人，只有美人鱼才会唱得那么好。

美人鱼看到狮身人面兽便停止了唱歌，轻声说道：

"我是波罗的海王的女儿，你是谁？"

"我是狮身人面兽。"他回答。

"狮身人面兽?"美人鱼兴奋地重复了一遍，"啊，请留在这里永远跟我在一起。我将给你唱我最喜欢的歌。"

"我不能留在这里，哪怕你是世界上最美丽的美人鱼。我必须回到维斯瓦河上我那平静的小城去。我不能抛弃他。我不能让他无人照顾。"

"那么你就把我带走，"美人鱼说，"我想跟你在一起，因为再也没有比你更光辉的骑士了。"

狮身人面兽带着金发的美人鱼回到了华沙。他俩住在喧闹的柳树丛中的维斯瓦的河湾里。

可是有一天，号手在瞭望塔上吹起了警号，喊声传遍了全城：

"拿起武器，敌人包围城市啦！"

狮身人面兽听到这喊声，振翅飞起，投入了保卫自己可爱的城市的战斗。

他的宝剑像霹雳一样打击着敌人，使敌人狼狈逃窜，可是敌人中有个人用阴险狡诈的办法接近了狮身人面兽，刺伤了他的心脏。

受了伤的狮身人面兽最后一次费力地鼓动着翅膀，飞到维斯瓦的河湾落下，美人鱼正在那里等待他。

但这已是狮身人面兽最后的一息了。

这时，美人鱼绝望地惨叫一声，抓起他的宝剑就投入了战斗，她像一阵暴风雨般地砍杀，狮身人面兽的宝剑杀得敌人尸横遍野。

吓坏了的敌人只好撤走了。

由于这次胜利，城市里一片**欢腾**。人们欢呼着，点燃了篝火，奏起了乐曲。然而在维斯瓦的河湾里，美人鱼却在被刺穿了心脏的狮身人面兽身边痛哭。她深深爱上了狮身人面兽的城市，便永远留在这座城市里。她也像狮身人面兽一样，在危险的时刻，举起金色的宝剑**保卫**华沙。

　　后来，华沙市的参议们便开始用美人鱼的肖像代替狮身人面兽的肖像刻在城市的印章上。

　　这样一直沿用到今天。

小面包师的铲子

一个叫马尔钦内克的小面包师跟着师傅学习烤面包，他聪明、勤恳。一天，外敌入侵，可是城里的骑士都不在，怎么办呢？谁有办法把拴着吊桥的绳子砍断以阻截敌人的进攻？正在这时，马尔钦内克拿着他烤面包的铲子缓缓走来，手起铲落，绳子被砍断了，人们安全了。

小面包师在埃尔布龙格城住过的年代，离现在大概有五百多年了。人们说，他的名字叫马尔钦内克。他是一个贫穷的寡妇的儿子。他的母亲把他交给一位烤面包的师傅照管，让他学一门好手艺。

善良的师傅巴尔托沃米那伊对自己的徒弟很是满意。马尔钦内克是所有徒工中最聪明、最勤恳的一个，他总是及时地从炉子里起出大面包，烤得黄灿灿的。谁也不会像他那样善于用白面粉烤甜面人：撒上芝麻，有意扭成各种可笑的、好玩的形状。

城里所有的姑娘都爱到巴尔托沃米那伊师傅的面包房来

买面包，所有的姑娘都喜欢这个年轻、快活的小徒工马尔钦内克，都愿意同他谈话，愿意听他开玩笑，愿意听他唱歌，因为他唱的歌一点儿也不比他烤的甜面人差。

当时在埃尔布龙格城里只有一个姑娘轻视年轻、快活的小面包师。每当他站在师傅的店前向她问候的时候，她总是噘着嘴巴。她多半也不喜欢听他唱歌，就是喜欢听，脸上也绝不表现出来。

这个姑娘名叫阿格涅什卡，是埃尔布龙格城最出名的军械匠乌尔班的女儿，而且是独生女。乌尔班名扬四海，是因为谁也不像他那样善于制作最结实的骑士甲胄，打造出最漂亮的盾牌。他制作的甲胄和盾牌敌人的箭射不穿，敌人的矛也戳不穿。他还会锻造不会折断的宝剑。

因此，金发的阿格涅什卡为父亲的手艺和荣誉感到**骄傲**，认为跟小面包师打交道是降低了自己的身份。这件事使马尔钦内克很伤心，因为他非常喜欢阿格涅什卡。她的金发梳成辫子，长长的，垂到了膝盖，她的眼睛像天空一样蔚蓝，像矢车菊、勿忘我花一样娇艳，他为她唱过**各种各样**的歌，在这些歌里，他用开玩笑的口气说，面包跟宝剑一样重要，但是阿格涅什卡仍然是一见到他就傲慢地扭过头去。

直到有一天，城里一片**惊慌**。因为站在城墙上放哨的哨兵吹起了警号，城里有消息说，敌军的骑兵向城市冲来了。城里的人都吓破了胆。怎么办？怎样守卫城市？城里一个骑士也找不到，因为他们都跟着公爵打猎去了，城市无人保卫。敌军都是骑着快马的骑士，他们离城市越来越近了。他们白外套上

的黑色徽章已经看得清清楚楚。怎么办？怎样来保卫埃尔布龙格城？

敌军已经越来越近，已经离护城河不远了，马上他们就会冲过吊桥，进入城市。

"桥！应该把吊桥吊起来，把城门关起来！"人们叫喊说。

哎呀，怎样才能把吊桥吊起来？为了让桥抬起来，得把拴它的绳子砍断。怎么能砍断？绳子太粗，要是附近有个骑士就好了，他会用剑把绳子砍断。

可就在这时，大家看到，巴尔托沃米那伊师傅的年轻的徒弟——面包师马尔钦内克从人群中挤了出来，他手里举着烤面包的铲子，看得出来是刚从炉子里拿出来的。

人们都望着他，而这位小面包师把铲子朝绳子一砍，砰的一声！这时尽管敌人进攻迫在眉睫，有人还是笑了起来，因为古往今来谁用烤面包的铲子砍断过吊桥的绳子？

不过那些好闹的人立刻停止了取笑，因为绳子被马尔钦内克用铲子砍断了，吊桥开始抬起。它被抬得越来越高，越来越高。得赶快关上城门，因为敌军已经到了护城河边，勒住了马！

吊桥终于抬起来了，而敌军就站在水很深的、**宽阔**的护城河对面。现在让他们试试进城来吧！

根据这一古老的传说，是面包房的徒工马尔钦内克拯救了埃尔布龙格城不受侵略者的**践踏**。

后来怎么样了呢？有人说，军械匠的女儿阿格涅什卡对他大为欣赏，嫁给了他，两人一起幸福地生活了许多、许多年。

为了纪念这个壮举，为了说明烤面包的铲子是一点儿也不比宝剑差的武器，人们把它吊在了城门上，时至今日，埃尔布龙格的人还向到这儿来参观的人指出，当年铲子吊在什么地方哩。

主人的悔恨

从前阿巴加旺旺有一个领主。一天，他老婆和他都出门去了，留下忠心耿耿的狗照看还在摇篮中的儿子。后来一只狼想吃掉孩子，狗为了保护孩子，和狼厮打起来，经过一场恶战，狗终于战胜了狼。领主回来后，看见满是血迹的地板和倒扣在地的摇篮，以为是狗把孩子给吃了，于是毫不犹豫地刺杀了狗。待他看见摇篮下的孩子和在屋角的狼，立刻明白是怎么回事了，后悔不已。

很久很久以前，也说不上是什么年代了，在阿巴加旺旺住着一个领主。领主有一个老婆和一个儿子，他的儿子还是个躺在摇篮里的婴儿。他还有一条狗——这是一条**忠心耿耿**的大狗，一条**厮打**起来不置对方于死地不肯罢休的狗。

一天，领主的老婆上教堂去了，领主坐在院子里乘凉。忽然传来一阵号角声，随后他看见一匹母鹿从他身边经过，一群猎人和狗在后面追它。猎人骑着马，狗奔跑着。"我和他们一道去追它，"领主自言自语，"我是这块土地的主人，这头母鹿有我的一份。"那条狗照例总是跟他走的，当主人指了指睡在摇篮

　　里的孩子，它就乖乖地**蜷缩**在摇篮的一边了。

　　领主走后不久，一只狼从外面走进来，直朝摇篮而去，想吃掉这孩子。狗呼哧一声站起来，竖起背上的毛，一眨眼的工夫，它已经和狼扭打起来了。

　　这头狼是山里有名的"灰色卫士"，孩子身上的肉香引得它口水直流。两个天生的冤家用牙齿撕，用爪子抓，直打得口角流血，皮毛撕成一片片，像破布条似的挂在身上。它们从房间的这一头打到那一头，撞翻了摇篮，把血溅在毯子上。尽管它们又是吼又是叫，尽管它们的爪子抓得"咯啦咯啦"响，孩子却始终**安安静静**地躺着。他睡着了，一点儿也没受到惊吓，那狼简直就没有机会接近他。最后狗把狼逼到房间尽头的一个角落里，狼的嚎叫声平息下来，变成喘息声，吼叫声变成了嘶哑的嘘嘘声。狗立即使出最后的力气，咬断了狼的喉咙。

　　过了一会儿，领主回来了。狗听见了院子里主人的脚步

声，挣扎着站起来，跑去迎接主人。狗摇着尾巴要舔主人的手，可领主闻到的是狗满嘴的血腥味，看到的是**血迹斑斑**的狗腿和净是血迹的地板，以及倒扣在地板上的摇篮。孩子呢？哪儿也没看见。

"恶魔！"领主一边高喊着，一边拔出剑。他愤怒得几乎要发狂了，以为这狗吃了他的孩子。领主一剑刺穿了狗的身子，狗倒在地上死了。狗刚刚断气，领主听到摇篮底下孩子的哭声。他急忙奔过去，扶正摇篮，他的孩子**平平安安**地躺在里面，白胖胖的手指头扯着围在嘴前的丝巾。就在领主把孩子抱在怀里的时候，他发现躺在远处屋角里的那只死狼。领主赶回狗那里，他看到狗的两腮被撕裂了，血肉模糊，这是那场恶战给它带来的。领主十分悲伤，心如刀割。他捶胸顿足，懊悔万分。可泼出去的水是收不回来的，死了的狗也不会再活过来了。

豺 狼 和 泉 水

所有大河、小溪都干涸了，动物们想办法找水源，齐心协力挖好了一口井。挖好井后，大家商议谁来守井，不让豺狼有机会喝水。刚开始是家兔来守护井，但他没有守护好，让豺狼喝到了水，后来小野兔也是一样中计了，最后乌龟经受住了豺狼的诱惑，守护住了井水。

从前，所有大河、小溪都干涸了，动物们不知道怎样才能弄到水喝。找了很长时间也没有找到，直到有一天他们总算发现了一股细流，但需要再挖深一些才有足够的水流出来。

因此动物们说道："我们挖一口井吧，这样一来，我们就不必担心渴死。"除了讨厌干活儿、有事总叫人代做的豺狼外，所有动物都表示同意。

井打好后，他们召开了会议，确定由谁来守井，这样一来，豺狼就没机会靠近井边了，因为大家都说："不干活儿者，不得喝水。"

经过一番讨论，决定先由家兔负责守井，其他动物各自回

家去了。

等他们都走了，豺狼来了。"早上好！早上好！家兔。"家兔也**礼貌**地回答道："早上好！"豺狼取下挂在腰间的小包，掏出一块蜂蜜就吃，还转身对家兔说道："你瞧，家兔，我一点儿都不口渴，这个比什么水的味道都好。"

"给我一点儿吧。"家兔**恳求**道。豺狼于是给了他一点点儿。

"啊，真是好吃呀！"家兔叫道，"亲爱的朋友，再给我点儿吧！"

可豺狼回答道："如果你真想我多给你一点儿，你必须把爪子绑在背后，仰面躺着，这样一来，我就可以把他倒进你的嘴里。"

家兔照办了。豺狼把他绑紧，"砰"的一下将家兔推倒在地后，自己跑到泉水边，一次喝了个够，随后回自己的窝里去了。

晚上，其他动物都回来了。一见被绑着躺在地上的家兔，他们问道："家兔，你怎么会上这样的当啊？"

"都是豺狼的错，"家兔答道，"是他把我绑成这样的，还说要给我好吃的东西。这是为了喝我们的水设的**诡计**。"

"家兔，你让没有帮忙打井的豺狼喝了我们的水，简直是个白痴！我们必须找出一个比你更聪明的！谁愿意下一个来看井？"

小野兔叫道："让我来吧。"

第二天早上，动物们各自上路忙活去了，留下小野兔守在井边。当他们都走得看不到了，豺狼来了。"早上好！早上好，小野兔。"小野兔也礼貌地回答道："早上好。"

"你能给我一小撮鼻烟吗？"豺狼问道。

"对不起，我没有。"小野兔回答道。

接着，豺狼凑过来坐在小野兔旁边，打开小包，掏出一块蜂蜜。舔了舔双唇，感叹道："啊，小野兔，要是你知道这有多好吃那该多好哇！"

"那是什么？"小野兔问道。

"这是我用来润喉的，很爽口的，"豺狼回答道，"我吃过后就不再感到口渴。不过我确定，像你们那样的动物是永远都离不开水的。"

"给我一点儿吧，亲爱的朋友。"小野兔恳求道。

"别着急嘛，"豺狼说道，"如果你真想吃好吃的东西，那你必须把爪子绑在背后，仰面躺着，这样一来，我就可以把他倒进你的嘴里。"

"你可以把它们绑起来，只是要快点儿。"小野兔说道。豺狼把小野兔的爪子绑紧，"砰"的一下将他推倒在地后，跑到泉水边，一次喝了个够，随后回自己的窝里去了。

晚上，其他动物都回来了。一见野兔被绑着躺在地上，他们问道："小野兔，你怎么也上了这样的当啊？你不是夸自己很聪明吗？你保证过要保护我们的水的，现在让我们看看还剩下多少水给我们喝！"

"都是豺狼的错，"小野兔说道，"他告诉我，如果我让他把爪子绑在背后，他就给我好吃的东西。"

动物们说道："现在谁来看守我们才放心呢？"豹子说道："就让乌龟来做吧。"

第二天早上，动物们各自上路忙活去了，留下乌龟**看守**井。他们一走远，豺狼就来了。"早上好，乌龟，早上好！"

但是乌龟根本就不搭理他。

"早上好，乌龟，早上好！"乌龟仍然假装没有听到。

豺狼心想："好啊，今天我要对付的家伙比前面那两个还要白痴。我一脚把他踢到边上，然后就去喝水。"接着，他走到乌龟跟前，温柔地说道："乌龟！乌龟！"但是乌龟却没理他。豺狼一脚把他踢开，走到井边就开始喝水。但是，他刚一碰到水，乌龟就咬住他的一条腿。豺狼尖声叫道："哎哟，你会弄断我的腿的！"但是乌龟越咬越紧。豺狼拿出包，想让乌龟闻到里面蜂蜜的甜味，但是乌龟把头转到一边，什么也闻不到。最后，豺狼对乌龟说道："我可以把包和里面的东西都给你。"然而，乌龟的回答却是把豺狼的腿咬得更紧。

情况一直**僵持**到其他动物回来。豺狼一见他们到来，使劲儿一拽，总算把腿挣脱开了，然后以最快的速度**逃之夭夭**。动物们对乌龟说道："干得好，乌龟，你证明了你的胆量，因为你战胜了偷水的豺狼！我们这下可以放心喝水了。"

两个扒手

一个男扒手和一个女扒手结为夫妻，生了一个儿子，但是这个孩子的右手有些畸形，他的胳膊总是弯在胸前，小手永远攥着拳头。他们把孩子带到医院，医生告诉他们孩子一切正常，那到底孩子的右手是怎么回事呢？让我们来一探究竟吧。

有一个扒手在外省干得非常成功，他想到伦敦去碰碰运气。后来，他在伦敦获得了更大的成功。

一天，他正在牛津街上忙着，突然发现自己的钱包被人偷走了。他向四周**张望**了一下，看到一个非常迷人的金发姑娘正向远处走去。他一眼就看出那正是偷他钱包的人，于是他跟了上去，很快就从她身上把钱包偷了回来。由于他很佩服这个姑娘高明的偷术，就建议她与自己合伙干。不久，他们就获得了**辉煌**的成功。

后来，这个外省来的扒手又想："我们已经是全伦敦最了不起的扒手了。如果我们结婚的话，肯定能生出一大群世界上最

伟大的扒手来。"于是他就向姑娘求婚，姑娘愉快地接受了。

两个扒手结婚后不到一年，就有了一个很漂亮的儿子。但这个孩子的右手有些畸形，他的**胳膊**总是弯在胸前，那只小小的手永远攥着拳头，无论用什么办法都不能使他的手指伸直。

两个扒手非常伤心，他们说："他永远不能成为一个扒手，因为他的右手肯定**瘫痪**了。"他们把孩子带到医生那儿，医生说孩子还太小，必须再等几年。但是他们不愿意等，所以又去找别的医生，最后，因为他们已经非常有钱了，于是来到一个最好的儿科医生面前。

这个儿科医生掏出一块金表，想测定一下那条瘫痪手臂的**脉搏**。他说："似乎没有什么不正常。你们瞧，这孩子多么聪明，他的两只眼睛正盯着我的金表呢。"他把表链从纽扣上解下来，将表在孩子的眼前来回晃动，孩子的眼睛紧紧地追随着它。突然，那条细小的、弯曲着的手臂开始伸直了，它伸向那块金表。那只一直握着的拳头也张开了，它想抓住那块表。正在这时，只听到"当"的一声，从手心里掉下一只助产护士的结婚戒指来。

穷人的沉默

　　🧑一个穷人把马拴在一棵树上，没过一会儿，来了一个有钱有势的人，他也把马拴在同一棵树上，结果富人的马被踢死了，于是富人拉着穷人来到法官面前，想要穷人赔自己一匹马。法官问穷人的问题，穷人一字不答，以沉默应对，法官以为他是哑巴，逼得富人自己把事情经过说了出来，弄清楚事情的来龙去脉后，法官判了穷人无罪。

　　有一天，一个穷苦的人骑着马去**旅行**。中午，他感到又渴又饿。于是，他就把他的马拴在一棵树上，然后坐下来吃午餐。这时，一个有钱有势的人来到这个地方，并把自己的马也往同一棵树上拴。

　　"请不要把你的马拴在这棵树上。"穷苦的人说，"我的马还没有**驯服**，它将会把你的马给踢死的！"

　　但是，这个有钱有势的人却回答说："我愿意把我的马拴在哪里就拴在哪里！"就这样，他把他的马拴牢后，也坐下来吃午饭。然而，不一会儿，他们就听到了可怕的嘶叫声，并看到两

匹马踢起来。两个人向马奔去，但已经迟了——有钱有势的人的马已经被踢死了。

"看到你的马做的好事了吧！"有钱有势的人咆哮道，"你必须赔我一匹马！"说着，他拉着穷人去见法官。

法官问穷人："你的马真踢死他的马了吗？"穷人什么也没回答。接着，法官又对穷人提了许多问题，穷人还是一字不答。最后法官**颓丧**地说："这有什么办法呢？他是个哑巴，不会说话。"

"哦，"有钱有势的人惊奇地喊道，"他可以像你我一样讲话呀！我刚见到他时他还说话呢！"

"真的吗？"法官问道，"他跟你说什么啦？"

"当然是真的！"有钱有势的人回答说，"他告诉我，不要把马拴在他拴马的那一棵树上。他的马还没有被驯服，如果拴在一起，他的马会踢死我的马。"

"哎呀！"法官说，"这样说来你是无理的了，因为他事先曾警告过你。因此，现在他不应该赔偿你的马。"

这时，法官又转向穷人，问他为什么不答他的话。

穷人说道："因为我知道，你宁愿相信有钱有势的人的**万语千言**，也不愿相信穷人的**只言片语**。同时，我想让他告诉你事情的所有过程。你看，现在你不是已经弄清楚孰是孰非了吗？"

鱼 和 戒 指

有一个叫贾士伯的人，他很有钱，并且还是个魔法师，他有一个儿子叫休。这天，他用魔法得知：他的儿子将来娶的是一个穷姑娘。他很生气，并且他在街上遇见了穷姑娘的父亲，为了永绝后患，他用欺骗的手法骗来小女孩，并把她抛到河里试图淹死，但是穷姑娘并没有淹死，反而被一个渔夫救起并且养育成人。贾士伯得知此消息，又起了杀戮之心，但是穷姑娘还是和休突破重重阻碍，最后幸福地生活在一起了。

从前有一个人，名叫贾士伯。这人非常有钱，而且还是个魔法师。他有一个五岁的儿子，名叫休。

贾士伯整天看管着他的人，他的高楼大厦，他的田地和花园。可是，到了夜里，当他的儿子睡觉以后，他就爬到**屋顶**上，玩弄起他的魔法来。

贾士伯想**通过**他的魔法，预先知道他的儿子休长大以后，将同谁家的姑娘结婚。他盼望儿子娶一个有钱的姑娘。他说："但愿他能讨一个有钱的公主。"

一天夜里，贾士伯玩弄他的魔法，玩了整整一个夜晚，直到太阳在东方升起。

他**闷闷不乐**地说："我的魔法告诉我，儿子休讨的老婆，不是有钱人，也不是一个公主，而是一个很穷的姑娘。"

太阳已经升上天空，他不想上床去睡觉，便骑马到城里去，路上他看见一个很穷的老人坐在街旁，样子显得很忧愁。

"你为什么这样忧愁？"贾士伯问他。

"我有五个年轻的孩子，"那老人说，"现在我老婆又生了一个小女孩，是第六个啦。我家非常穷，如何养得起这孩子呢？我不能干更多的活儿，怎么能挣更多的钱？"

贾士伯的魔法告诉他：这女孩长大后，要嫁给他的儿子。贾士伯开始想办法阻止他的儿子娶这样一个穷姑娘。

"老人家，"贾士伯说，"我看得出来，你同你的五个孩子，都不想要这个刚出生的小女孩。就把她送给我吧，我有很多的钱，我可以把她带到我家的大房子里去，我的用人会**照顾**她的。回去告诉你老婆，我明天这个时候再来，那时你可以告诉我，你是否愿把孩子给我。"

那个老人回家后，跟他老婆商量这件事，商量了很久。可怜的妈妈心里非常不高兴。最后，她只好同意，说："唉，这对咱们的孩子最好不过啦。她跟咱们待在这儿，是吃不饱的，也许只有死路一条。好吧，咱们明天就把她送给城里的有钱人。"

第二天早上，老两口儿就把他们的小女孩送给贾士伯，他俩回家时，哭得很伤心，但是他俩说："咱们把她送给有钱人，是对得起她的。"

　　贾士伯抱起小女孩，骑上马，匆匆离去。不一会儿，他来到小河边，把那可怜的小女孩抛到河里去，还说："这就是你的结果！"然后他就朝他的那所高房子走去，回到他的小儿子休身边。

　　但是，那个女孩没有被淹死。她穿的衣服，在水里把她托了起来，漂到坐在河边的一个穷渔夫那儿。

　　那穷渔夫正在发愁，因为一整天还没有一条鱼钻进他的网。

　　"我得回家去喽，"他说，"看来，今天我是捉不到鱼啦。"

　　当他站起身来刚想走时，抬头望了一下河面，发现有一些衣服朝他漂过来。他从水里把衣服捞起来，发现衣服里还有一个小女孩！他把她抱了起来，回家交给他老婆。他老婆是一个非常仁慈的妇女，他也是一个十分善良的男人。他们长期以来因为没有亲生的孩子，非常悲伤。

　　"她就是咱们自己的孩子！就是咱俩的！"他老婆说。他们非常高兴。

　　他们为她准备了一张小床给她睡觉用。他老婆给她做了许多衣服。他们发现从水里捞出来的衣服上，有"玛格丽特"字样的名字，因此，他们就叫她玛格丽特。

　　十六年过去了，玛格丽特已长成一个美丽的姑娘，而且人品很好，在温柔、善良方面，也不输于她的美丽。

　　贾士伯唯一的儿子休，现在也同样长成了一个帅气的小伙子。

　　他常常骑着黑马出去游玩。有时他去看望住在海边的、他父亲的兄弟约翰。可是他的父亲却待在家里，玩弄他的魔法。

有一天，贾士伯想："整天坐在家里读书，没有意思，闷死了，我得找几个朋友，同我一块儿骑马去远游几天。"

他们一伙人骑在马上，一边谈心，一边漫游，消磨了不少时间，也没有去注意往哪里走，结果迷了路。加上天气又热，他们感到非常口渴，想喝水。

他们来到渔夫的小茅屋前。玛格丽特正坐在门口，帮她妈妈准备父亲回来时一家人吃的东西。

贾士伯和他的朋友们跳下马来。

"早上好！"贾士伯说，"请给我们一些水喝，好吗？我们赶了远路，天气又热，真够渴的。"

玛格丽特给了他们一些清凉的饮水，又给他们一些她妈妈刚做好的褐黄色面包。接着她妈妈也走出茅屋，大家在一块儿友好地谈起话来。

"那是一个非常美丽的姑娘，"贾士伯的一位朋友说，"不知道她将嫁给谁呢。你以后想嫁给什么人？"他问玛格丽特。

"不知道！"她回答说，"我没有时间考虑结婚的事，我在这儿要帮助爸爸妈妈，我现在很快乐。再说，也没人要娶我这样的穷姑娘。"

"假使我有儿子，"贾士伯的另一位朋友说，"我愿意他讨这样漂亮的一位姑娘。"他望着贾士伯说，"你懂得魔法，你能预知这姑娘将来要嫁给谁吗？"

突然间，贾士伯害怕起来。

"不能，"他说，"我不能。现在是咱们上马回家的时候啦。"

"你知道，只要你愿意，你就能告诉我们的！"他的朋友们

齐声说，"你不回答我们，我们就不同你一块儿回去！"

这样一来，贾士伯只得**解答**他们提出的问题。开始，他打听玛格丽特有多大岁数，他问她妈妈："你的孩子多大年纪啦？"

"她不是我们亲生的孩子。"玛格丽特的妈妈说，"一天，我丈夫在河边钓鱼，玛格丽特从河里漂到我丈夫跟前，他就把她抱回家，给了我。"

这时，渔夫回来了，贾士伯就问他："你是在哪条河发现孩子的？"

渔夫回答说："就在我家附近的这条河里。"

"你发现她的时候，她有多大？"

"只有两三天大吧。"

贾士伯马上明白，这就是十六年前他**企图**杀害的那个小女孩。

他心里很不高兴，可是没人能看出他在想些什么。

贾士伯讨来纸和笔，给他住在海边的哥哥约翰写了一封信。写好以后，他把它**折叠**好，交给玛格丽特。

他说："因为我喜欢你，也乐于看到你过得好，我给我哥哥约翰写了一封信。他是一个有钱的大人物。你把这信交给他，他定会照顾你、帮助你。当你变得很富裕时，再回来看望你的父母，那时你也能够帮助他们了。"

"你对待我们这样好，真该谢谢你。"玛格丽特和她的父母齐声说。

贾士伯跨上马，扬鞭而去。

第二天，玛格丽特动身去找贾士伯的哥哥约翰。路很远，她不能在当天赶到，天黑后，她只得到一户人家去**借宿**。

那天晚上，那户人家进来了两个贼。当玛格丽特睡熟后，两个贼手里擎着小灯，走进她的房间，想看看她是否有珠宝和钱财，他们没有找到钱财，只发现了贾士伯写给他哥哥的那封信。

他们拆开信来一看，上面写道：

我亲爱的约翰兄：

捉住带信给你的这个姑娘，马上把她杀掉。我的魔法告诉我，要是你不这样做，她将给咱们家干出大坏事来。

你的爱弟贾士伯。

那两个贼见信上把这么漂亮的一个好姑娘写得如此坏，非常生气。

于是，他们弄来纸，写上一些别的话，把原信抽掉，然后把它塞进玛格丽特最初放信的小袋子里。

第二天，玛格丽特来到约翰家，把贾士伯的信交给约翰。他拆开信读道：

我亲爱的约翰兄：

请接待前来你处的这位姑娘，并将她嫁给我的儿子。她是一位非常漂亮、非常好的姑娘。

你的爱弟贾士伯。

约翰自语："我弟弟是一位很有本领的魔法师，他能**预知**许多年后将要发生的事，他要求我做这件事，我必须去做。"

他在他的窗下，看见休和玛格丽特肩并肩地在散步，休非常高兴地欣赏着玛格丽特美丽的脸，而玛格丽特也在看他。

"这很好！"他想，"他们俩该结婚啦！"

约翰家里所有的人，为了休和玛格丽特的婚事，准备了很长时间，件件事情都**办理**好了。

约翰写信给贾士伯：

亲爱的贾士伯弟：

我正在进行你要办的事。休和玛格丽特将在下星期四上午结婚。请你前来同咱们一起共享喜庆。

为兄约翰。

贾士伯念完这信，愤怒到了极点。他骑上马，用最快的速度朝约翰家奔去，太阳升起时他就赶到了那里。当他走进约翰家里，看到一些事正在发生：人们全穿上了最好的衣服，大厅里摆满了桌子，还放上了佳肴美酒，每个人看起来都**欢天喜地**。

他一走进屋，就大喊起来："同我儿子结婚的那位姑娘，现在在哪儿？"

穿着漂亮衣服的玛格丽特朝他走去。

贾士伯压住胸中的怒火，装出一副笑脸，对他的哥哥和休说："玛格丽特同休结婚前，我得同她单独谈谈。"于是，他就领她离开屋子，经过一大块田地，往前走去，一直走到远离海边的一座山顶。

可怜的玛格丽特，现在终于看出贾士伯生气到了极点。她不明白自己干了些什么事，使得他这样生气。她看出他将要杀死她，就马上跪了下来。

"请求你，请求你，"她说，"不要把我抛到海里去。放我走吧。要是你不希望我嫁给休，我决不再接近他，不再去看

他。我对你没有做过坏事，你为什么要杀死我？"

贾士伯看出她会履行她的诺言，不再去看望休了。

"我已经挽救了我的儿子！"他说。

他看见玛格丽特手上戴着一只金戒指。这戒指，从前是他的。"一定是我儿子把它送给这个姑娘的！"他想，接着就从她手上取了下来。

"姑娘！"他说，"你对我说过，今后你绝不去看望我的儿子，你以上帝的名义再讲一遍。你说，'我绝不再看望休啦'，这样讲了，我就放你走。"

玛格丽特照他讲的说："我绝不再看望休啦。"

"你不配嫁给他。他将要娶一个公主。如果我再看到你，我就杀死你。"

他把那只戒指远远地抛到海里，同时说："如果你能把那只戒指再拿给我看看，你就能得到我的儿子，同他**结婚**。"

贾士伯回到他哥哥的家。

"你们再也不要想念玛格丽特啦，"他对约翰和休说，"她已经逃走了。她是一个坏姑娘！你必须把这些人通通送回家去。"

他想："休不久就会跟一个美丽富有的公主结婚！"

可怜的玛格丽特在山顶上痛哭了很久很久。她并不想死，但是非常伤心，因为她现在已经失去了十分**爱慕**的休。

她想："我必须赶快离开这儿，去找个工作做。我喜欢烹调，我就去当个厨师吧。过些时候，我就能回去看望爸爸妈妈，并带一些钱给他们。"

她想起现在离她很远的渔夫的茅屋，想起她在那儿总是快快活活的情景，不免伤心起来。

她在一个富人家找到了工作，给主人和他的客人做吃的。

后来，她的心情有了好转，生活有了乐趣。从事自己愿意干的工作，就能消除烦恼。一天，有几个渔夫捉到一条从没有人见过的大鱼，她家主人的厨师买下这条鱼，玛格丽特就把鱼杀掉，剖洗干净，准备当天晚上做给主人和他的客人们吃。玛格丽特从窗户望出去，可以看见伸向她现在住的这座房屋的大路。

她看见许多人骑着马，沿这条大路而来。在这些人当中，有贾士伯和休！

他们全都朝这座房子走来，大门已经为他们打开了。

玛格丽特为了把鱼烧得好些，端到桌上去时更加好看，她在那里忙个不停。她想："我是在给休弄吃的东西！"

这时，她看见鱼肚子里有个金光闪闪的东西，仔细一看，原来是一只戒指。这戒指准是大鱼在海里吞进去的。她从鱼肚子里取出了戒指，把它洗干净。活儿干完后，她洗了洗手，把戒指戴在休曾给她戴戒指的手上。那天晚上，主人的全体客人入座以后，就吃玛格丽特做的佳肴。

贾士伯也很高兴，因为他发觉有人要同休结婚。她是一位有钱的公主，但是休不爱她，她也不爱休。

贾士伯说："这鱼真好吃！烧得太好了。是哪一位厨师把这样漂亮的鱼烧得这样好吃？请介绍一下烧菜厨师，让我看看她，对她表示感谢。"

玛格丽特被带到他的面前。

最初，他没认出她。不过，他马上就明白了她是谁。

现在他终于**醒悟**，一切都**无济于事**了，他的魔法已经预告给他，玛格丽特不是一个坏人。

他拉过她的手，看到她手上戴的那只曾经是他的戒指。

"我很高兴见到你，"玛格丽特说，"因为我要把你的东西还给你。"她从手上取下戒指，交给了他。

贾士伯说："你把我的东西还给了我。现在，如果你要它，我还是得给你，因为我的魔法早就告诉我，它是属于你的。我得把我的儿子休也给你。"

他的儿子休朝他们走过来。他显得非常高兴，立即拉住玛格丽特的手。

休和玛格丽特终于**生活**在一起，过得很快乐。玛格丽特把她年老的父亲、母亲接过去，住在他们家附近的一座小房子里。

渔 夫 和 神 鸟

一个老渔夫在神鸟加赫卡的帮助下过上了富裕的生活。一天，国王也想找神鸟加赫卡，并承诺谁帮他找到了，就将半个王国给他，老渔夫经不住诱惑，把神鸟什么时候去他家说了出来，国王立刻设计捕捉神鸟，却不想老渔夫和士兵反而为此丧失了生命。

有个老渔夫，靠钓鱼来**养活**一家两口人，总是有了上顿，没有下顿，过着贫困的日子。

一天，他在河边钓鱼，飞来了一只神鸟，名叫加赫卡。神鸟对他说："我每天给你送来一条大鱼，你去卖了，就能不再挨饿。"

老渔夫对神鸟千恩万谢。当天夜里，神鸟就飞来了，将一条大鱼扔在院子里。鱼的银鳞闪闪发光，足有两丈长，还**活蹦乱跳**的。第二天清早，老渔夫上街，卖掉鱼，得了不少钱。

神鸟加赫卡真守信，每天在这个时间，扔下一条大鱼。大鱼**各式各样**，老渔夫每次都能卖到好价钱。他再也不愁吃，再

也不愁穿，还积累了不少钱。老渔夫盖起了新房，新房是一座小楼，还带有花园，他和妻子两人住得好舒服。

神鸟见老渔夫住上了新房，高兴地拍打着翅膀，"哈——哈！"的叫声像在欢笑。

神鸟还是每天飞来，并丢下一条大鱼。老渔夫还是每天去卖鱼，赚得不少钱。

一天，老渔夫提着神鸟给的大鱼到街上去，听见国王的侍从官在传令："谁知道神鸟加赫卡的影踪，国王将半个王国赐给谁。"

"我知道！"老渔夫正想喊出口，立刻咽了下去。他想如果没有神鸟，就没有他今天的好日子，他不能出卖恩人。再一想，要是国王赐给自己半个王国，国王的恩还要更大，自己的生活还会更富裕。说，还是不说？他拿不定主意。侍从官看他有些异样，就带他去见国王。

原来国王生了一场大病后，双目失明了。据说只要用神鸟加赫卡的血来擦一擦就会重见光明。

"你只要告诉我神鸟加赫卡在哪里，我一定会给你半个王国。"国王对渔夫说。

老渔夫见王宫那么豪华，国王生活得那么舒服，又听到国王说得那么肯定，他就把神鸟什么时候到家里来说了出来。

国王一听，顿时喜出望外，终于找到了神鸟的影踪，自己的眼睛可以重见光明了。他立刻下命令，派兵捉拿神鸟加赫卡。

那晚，国王的四百个卫士埋伏在老渔夫房屋的四周。老渔夫在院子里摆了宴席。

神鸟又飞来了。老渔夫恭恭敬敬地说："感谢神鸟大恩，今天特地设宴**款待**。"

神鸟不知是计，丢下大鱼，飞落下来。老渔夫急忙抓住神鸟的大腿，高喊："捉住了，捉住了！"

四面伏兵快速冲上前来。

神鸟见状立刻展翅飞升，将渔夫也带上了半空，一个卫士连忙抓住老渔夫的腿。神鸟越飞越高，又一个卫士又慌忙抓住前一个卫士的腿，前一个后一个，四百个卫士连成一长串。神鸟有神力，带着四百零一个人也能**直上云霄**。老渔夫没了力气，一松手，他和四百卫士都跌在了岩石上，没有一个人再站起来……

克 里 克 塔

在法国小镇上住着一位老太太路易丝·波特，一天，她收到了儿子送给她的生日礼物——一条没有毒的蛇，波特太太把它当儿子一样疼爱，还给它取名"克里克塔"。此后波特太太和它几乎形影不离，连上课都带着它。克里克塔还是一条勇敢的蛇，成功解救了被小偷绑住的波特太太。因为克里克塔勇敢的表现，整个小镇的人还把一座公园命名为"克里克塔"。

从前，在法国的一个小镇上，住着一个老太太，名叫路易丝·波特。

她有一个儿子，在巴西研究爬行动物。

一天，波特太太收到一个奇怪的包裹。她刚打开，就"啊"地尖叫起来，里面装着一条蛇，是儿子送她的生日礼物。

开始，波特太太还担心蛇有毒。后来，发现它是一种没有毒的蛇，波特太太就像疼爱自己的孩子一样疼爱它，还给它取名"克里克塔"。

克里克塔越长越长。波特太太带它上街买东西，结果把大

家都吓了一跳。

　　天气渐渐转冷，波特太太怕克里克塔受凉，专门为它织了一件好长好长的毛衣。

　　克里克塔还有一张**暖烘烘**的床，它躺在波特太太特地买来的棕榈树下，做着甜甜的梦。

　　到了冬天，它兴奋地在雪地上蹿来蹿去。

　　波特太太是学校的老师。有一天，她带着克里克塔去上课。

　　克里克塔马上就学会了用自己的身体**模仿**英文字母。

　　它还会用自己的身体来数数。

　　克里克塔很喜欢和孩子们一起玩。不管是男孩，还是女孩。

　　克里克塔还是一条乐于助人的蛇。

　　一天，波特太太和克里克塔在喝咖啡，朋友告诉她，最近镇里出现了小偷。

　　就在这天夜里，小偷闯进了波特太太的家。

　　小偷用手帕蒙住波特太太的嘴，把她绑在椅子上。这时，克里克塔醒了，它愤怒地向小偷扑过去，紧紧地缠住了小偷，直到警察赶来。

　　因为克里克塔勇敢的表现，它获得了英雄**勋章**。雕塑家为它雕了一座铜像。整个小镇的人还把一座公园命名为"克里克塔"。

　　克里克塔一直幸福地生活在这里……

三只山羊嘎啦嘎啦

很久以前，有三只山羊，名字都叫嘎啦嘎啦，他们都想让自己长得胖一点儿，于是准备到山坡上去吃草。他们要经过的一座桥下面住着一个可怕的山怪，三只山羊并没有因此而退缩，他们利用自己的聪明才智和勇敢成功地战胜了山怪，到达了山坡，吃上了想念了很久的草。

很久很久以前，有三只山羊，名字都叫嘎啦嘎啦。他们都想让自己长得胖一点儿，于是准备到山坡上去吃草。

路上，他们**必须**经过一条河，河上只有一座桥，桥下却住着一个**可怕**的山怪，眼睛像盘子一样大，鼻子有拨火棍那么长。

最小的山羊嘎啦嘎啦最先走上桥，"吱呀！吱呀！吱呀！"

"谁呀？是谁把我的桥弄得吱呀吱呀响？"山怪吼叫着。

"咩，是我，那只最小的山羊嘎啦嘎啦，我正要到山坡上去吃胖一点儿。"小山羊小声地回答。

"是吗？但我正想把你一口吞掉！"山怪说。

"啊，求你别吃我，我太小了，过一会儿第二只山羊嘎啦

嘎啦就来了，他的个头可比我大多啦。"小山羊这样回答。

"那好，你快滚吧！"山怪说。

过了一会儿，第二只山羊嘎啦嘎啦走上了桥，"嘎吱！嘎吱！嘎吱！"

"谁呀？是谁把我的桥弄得嘎吱嘎吱响？"山怪**吼叫**着。

"咩，我是第二只山羊嘎啦嘎啦，我正要到山坡上去吃胖一点儿。"第二只山羊大声地**回答**。

"是吗？但我正想把你一口吞掉！"山怪说。

"啊，你别吃我，等会儿大山羊嘎啦嘎啦就来了，他的个头可比我大多了。"

"太好了，那你快滚吧！"山怪说。

就在这个时候，大山羊嘎啦嘎啦就来了，"吱——吱——嘎！吱——吱——嘎！吱——吱——嘎！"他实在太重啦，桥发出巨大的**响声**，简直要断了。

"谁呀？是谁把我的桥弄得吱吱嘎嘎响？"山怪吼叫着。

"是我，大山羊嘎啦嘎啦！"他的声音又粗又响。

"好，我正想把你一口吞掉！"山怪大声吼叫。

"好啊，来吧！我有两把弯刀，正好刺穿你的**眼睛**；我还有两个巨大的石锤，正好把你砸成碎片。"

大山羊说完，向山怪猛扑过去，用犄角刺穿了山怪的眼睛，再用蹄子把山怪踏成一片一片，最后又狠狠地把他踢进河里。

于是，大山羊也爬上了山坡。

三只山羊越吃越胖，胖得都走不动了。

如果那些肥肉还没减下来的话，他们现在肯定还是很胖的。

国王的金手指

国王米达斯救了一个失足落水的精灵，精灵为了报恩，答应满足米达斯的一个愿望。米达斯说他想要金子，他希望所有被他碰到的东西都能变成金子，精灵实现了他的愿望。他所碰到的东西：马、长矛、花园、屋子……都变成了金子，最后他不小心碰了他的女儿，他的女儿也变成了金子公主。看到这一幕他悲痛万分，于是找到精灵让他收回金手指，因为再多的黄金也比不上心爱的女儿，最终他的女儿得救了。有些东西是比金子还要重要的。

古时候，有一个国王，名叫米达斯。

在这个世界上，米达斯国王只爱两样东西，一样是他的小女儿金玛丽，另一样是金子。

一天，米达斯国王救了一个失足落水的精灵，精灵说："谢谢你，米达斯国王，为了报答你，我将实现你的一个愿望，任何你能想到的愿望，我都会满足你。"

"一个愿望？任何我想要的都能得到？"米达斯国王简直不敢相信自己的耳朵，"我最想要的当然是金子啦，金子就是我的快乐！我希望所有被我碰到的东西都能变成金子。"

精灵说："亲爱的国王，现在请看看你的衣服吧！"米达斯国王低头一看，他的衣服早就因为碰到手指而变成了金衣服。"哇，太神奇啦！"米达斯国王惊叹道。

他跨上马，拍拍马背说："我要马上回王宫，把这个激动人心的消息告诉大家！"但他高兴得昏了头，竟然用手指碰了自己的马，于是，马也变成金子了。米达斯国王有点儿伤心："哦，不，这真是**糟糕**透了。"

不过，他很快就从悲伤中走了出来。"有了金手指，我想买什么马都不成问题。"他跳下马，快乐地飞奔回去。

守门的卫士见到国王，纷纷鞠躬迎接他，国王用手指摸了摸他们的长矛，长矛马上变成了金子。看着卫士吃惊的表情，米达斯国王开心地笑了。

米达斯国王走进大门，穿过花园，路过每一间屋子……正如你们所想的，所有米达斯国王抚摸过的东西都变成了闪闪发光的金子。

现在，米达斯国王有点儿饿了，他来到餐桌前，用金叉子叉起一片鱼肉放进嘴里。"哦，天哪，这是什么？"米达斯国王大叫着把鱼肉吐了出来，天哪，连鱼肉也变成金子了。

"我还是先喝点儿红酒吧。"米达斯国王安慰自己，可是，手指碰到酒杯的一瞬间，红酒便**凝固**成了黄灿灿的金子。米达斯国王害怕极了："怎么会这样？太可怕了，这样下去，我会饿死、渴死的！"

然而，更不幸的事情发生了。他最心爱的小女儿**蹑手蹑脚**

地走了进来，可爱的小公主悄悄伸出手，从后面蒙上爸爸的眼睛，想给他一个惊喜。"爸爸……"小公主的话还没说完，就变成了一个金子公主。

米达斯国王该有多伤心哪！他一直都把女儿看得比金子珍贵一千倍，可现在，女儿却变成了不会说话不会笑的金子。

米达斯国王冲出王宫，以最快的速度来到河边，乞求道："精灵，精灵，求你收回金手指，救救我的女儿吧。"

精灵又出现了，米达斯国王向他**忏悔**："我真傻，生命中很多东西都比金子重要……"精灵笑了笑，说："请再看看你的衣服吧。"米达斯国王低下头，发现自己的金衣服又变回了之前的样子。

他飞快地跑回王宫，哇，王宫也恢复了原来的样子。"爸爸！"小公主甜甜地笑着跑来迎接他，好像什么事情都没有发生过。他**欢呼**着把女儿抱起来，举过头顶，再多的黄金也比不上心爱的女儿啊！

从此以后，米达斯国王变得讨厌金子，甚至讨厌金灿灿的东西，当然除了女儿金玛丽那头美丽的金发。

金 发 女 孩

从前有个姑娘，大家都叫她金发女孩。在妈妈眼里她是一个乖巧的孩子，但她其实很淘气。一天，她不听妈妈的劝告，独自一人来到森林里的棕熊家里，并且在里面随意地吃东西、坐别人的椅子、睡觉。刚巧这一幕被回家的棕熊一家逮个正着，金发女孩被吓醒后，飞快地回家了，留下一脸疑惑的棕熊一家。

从前有个小姑娘，大家都叫她金发女孩。"多乖的孩子！"妈妈非常爱她，觉得她很美丽，很可爱。

"也就您会这么认为。"邻居们撇嘴说。

一天清晨，妈妈叫金发女孩去邻村买松饼。"你得保证，绝不从森林抄近路。听说，那里住着大棕熊。"

"我保证，我保证。"金发女孩回应道。其实呢，她就是那种想怎样就怎样的淘气丫头。

在森林深处，有一座漂亮的房子，棕熊一家正围坐在餐桌旁吃早餐。

"哎哟！"大块头的熊爸爸咆哮起来，"这粥烫死了！把我的舌头弄得**火辣辣**的!"

"我也吃不下!"熊宝宝叫道。

"还真是……"熊妈妈说,"太烫了。"

"我想想……"熊爸爸说,"为什么不趁着晾粥的时间,出去兜兜风?"

"好主意。"棕熊妈妈高兴地说。于是,棕熊一家三口坐上那辆**锈迹斑斑**的破烂自行车上路了。

没过一会儿,金发女孩来到棕熊家。她连门都没敲,就直接闯了进去。餐桌上摆着三个碗,碗里是**香喷喷**的粥。"不能怪我,不能怪我!"金发女孩一边自言自语,一边捧起那个最大号的碗。

可是,这碗粥太烫了!"哎哟!"她一口把嘴里的粥吐掉了。

尝尝中号碗里的吧,又太凉了。

接着，她舔了舔小号碗里的粥，不烫不凉，刚刚好。金发女孩喜欢得不得了，把一碗粥全倒进了肚子。

吃饱了、喝足了，金发女孩想，在房子里四处瞧瞧肯定好玩。没过一会儿，她就发现屋里到处是粗粗的棕毛。"他们肯定养猫了。"她自以为是地说。

客厅里有三把椅子。"不能怪我，不能怪我。"金发女孩一边自言自语，一边爬上那把最大的椅子，可椅子硬邦邦的，她怎么都坐得不舒服。

她又坐进中号椅子里。这把椅子太软了。金发女孩还以为自己会陷在里面，再也出不来了。

接着，她坐进那把最小的椅子。不硬不软，刚刚好。她喜欢得不得了，就在上面摇哇晃啊——一直**摇晃**到"咔嚓"一声，椅子散架了。

现在，金发女孩累坏了。"我打个盹儿。"她发现楼上有三张床。

"不能怪我，不能怪我。"她一边**嘀嘀咕咕**，一边爬到最大号的那张床上，可床头高得吓人。去试试中号床，床头太低了。接着，她跑到最小的床上，刚刚好，又舒服又暖和。

很快，金发女孩就呼呼大睡啦——她根本没听见棕熊一家三口进家门。

三只**饥肠辘辘**的熊，走进餐厅时，简直无法相信自己的眼睛！

"有人动了我的粥！"熊爸爸大喊。

"也有人动了我的！"熊妈妈大叫。

"也动了我的粥!"熊宝宝**委屈**地说,"都喝光了!"

客厅里,棕熊一家又被吓了一跳。

"有人坐过我的椅子!"熊爸爸大喊。

"也有人坐过我的!"熊妈妈大叫。

"也坐过我的椅子!"熊宝宝委屈地说,"都散架了!"

三只熊蹑手蹑脚地爬上楼去……他们不知道会发现什么事情……

"瞧!"熊宝宝委屈地说,"有人躺过我的床,现在她还躺在上面呢!""看这儿!"熊爸爸吼道。金发女孩被吓醒了,眼珠子都快蹦出来了,还没等棕熊一家要她解释**清楚**,她就"哧溜"一下滑下床,"嗖"地跳出窗外,飞奔回家了。

"那女孩是谁?"熊宝宝问。

"想不出来。"熊妈妈说,"但愿再也不要见到她。"

嗯,他们确实再也没见过她。

一头蓝色的牛

 从前有一个贫困的少年在森林里放牧，突然出现一头蓝色的牛，并且还请求少年允许他跟着他一起回去。夜里，蓝色的牛带着少年出去看世界，经历了许多波折，还顺便解救了被困的公主，最后蓝色的牛变回了王子回家了，少年也和公主幸福地生活在一起了。

从前，有一个**贫苦**的少年在森林里放牧。正当他走进吃草的畜群时，听到树林里传来一阵巨大的响声。声音越来越近，少年吓得跑到一块大石头后边藏了起来。树丛里"嘎巴嘎巴"地响着，一头特大的牛突然出现在他的眼前。

牛的颜色非常奇特，是纯蓝色的。那头牛走进畜群，立即就与其他的牛顶起架来，他们顶得很厉害，少年不得不拿起一根大棍子把他赶跑。他赶哪赶哪，最后这头牛讲话了。

"请不要打我！你只要让我在其他的牲口中间吃草，我以后一定重谢你。"

少年**吃惊**地望着这头会讲话的牛。

"我是一个中了魔法的王子，"牛继续说，"今晚让我跟随你的畜群回家吧！夜里你把他们关好以后，就骑在我的背上，你可以跟我到广大的世界去看看。"

少年听了就不再赶这头牛。晚上他把畜群赶回家，这头牛顺从地跟着。

夜里他放出牛，骑在他的背上走了。

牛跑了很长一段路以后，来到一片大森林，那里所有的树都长着银树叶。

"你现在一定要从我身上下来，"牛说，"很快就要来一队士兵攻击我。你最好爬到一棵树上去。你要注意，不要采摘银树叶！采一片当然可以，但是不能太多。"

少年很快地爬到一棵树上，随后他听到远处传来一片嘈杂声。声音越来越近，过了一会儿，他看见一大队士兵冲过来。牛立即与他们展开了搏斗，很快就把他们全部用犄角顶死了。但是他自己的一只犄角掉了。

少年采了两片银树叶，从树上爬下来，重新回到牛身上。他们继续往前走，又来到一大片森林跟前，那里的树都长着金树叶。像上次一样，牛让他爬到树上躲起来，因为一队新的士兵马上就要来。

"你要注意，不要采摘金树叶！"

他补充说："采一片当然可以，但是不能太多。"

一大队士兵很快冲过来。牛立即投入战斗，很快就结束了所有士兵的生命。但是他自己的另一只犄角也掉了。

"你现在下来吧。"牛说。

少年从树上爬下来的时候，顺手采了两片金树叶，藏到毛衣里。然后他们继续往前走。

牛跑了很长一段路以后，他们又来到一大片森林。这里的树上长着钻石树叶。

"这里又来了一队士兵与我**较量**，"牛说，"但是我已经没有犄角可用了。因此我肯定会被打死。我死了以后，你要看看我的耳朵。在一只耳朵里，你可以找到一块丝绸桌布。你只要把它铺开，你要吃的东西就会出来。在另一只耳朵里，你可以找到一个笛子。你一吹它，就会跑来一匹马，他有金鞍子、金马鞭和钻石马蹄。"

事情就像牛说的那样，一大队士兵走了过来，但是牛已经没有犄角自卫了，他很快就被打死了。少年从树上跳下来的时候，顺手采了两片钻石树叶，藏进毛衣里。随后他走到牛跟前，找到了桌布和笛子。他吹起了笛子，很快就有一匹骏马跑过来。马鞍和马鞭闪闪发亮，钻石马蹄**光芒四射**。

"请你骑到我的背上，我把你送到一栋房子去，你可以在那里借宿。"马说。

少年骑到马背上，那匹马跑起来就像**腾云驾雾**一样，他们很快就来到一栋房子跟前。少年下了马，那马立即消失了。他走进房子，住在那里的一个老太太很有礼貌地向他问好。少年问，他能不能在那里过夜，老太太欣然同意。

"你可以睡在那边的角落里。"老太太说。

第二天一大早老太太准备外出。

"我没有什么东西给你吃，"她对少年说，"每天我都必须到玻璃山**乞讨**一点儿钱买吃的。"

"那是一座什么山?"少年问。

"噢,是这样,"老太太说,"玻璃山上有一座王宫,王宫的宝座上坐着一位头戴金冠的公主。如果一个男人能骑马通过玻璃山走到她的面前,她就能得救,否则她一辈子都要坐在那里。每天都有无数的骑士和显赫的先生想骑马上玻璃山,但是没有一个人成功。"

老太太走了以后,少年铺开自己的桌布,他要的东西马上就来了。他吃饱了以后,把剩下的留给老太太。然后他一吹笛子,那匹马就跑过来了。马对少年说:"在我的鞍子下有一件金线**编织**的衣服。你穿上它骑到我的背上,我们就可以去玻璃山上看公主。你走到她面前的时候,就在她的膝盖上扔一片银树叶。"

少年穿上那件美丽的衣服,然后骑到马背上。那匹马跑起来风驰电掣一般,他们很快来到玻璃山上的王宫。少年风度**潇洒**地向公主行过礼,并把一片银树叶放到她的膝盖上。他转过身来,走出王宫,找到自己的马。他骑马从山的另一侧下来,路上又看见了那位老太太。他向她扔了几枚银币,继续赶路。到了那栋房子以后,少年下马走进去,马便消失在森林里。

老太太回到家里,少年打开桌布,各种**美味佳肴**立即出现了,他请她坐下来一同吃。她不知道少年是从什么地方弄来这么多好吃的东西,但是她发现,少年不愿意告诉她,所以她也不再问。她改变话题说,她今天在山脚下看见一位英俊的骑士,那人还给了她几枚银币。

第二天过得与第一天一样。老太太一离开家,少年立即唤来马，直奔玻璃山。这一次他把一片金树叶放在公主的膝盖上。公主欠一欠身，对他远道来解救她表示高兴，但是少年转身走出王宫，找自己的马去了。

第三天，少年把一片钻石树叶放在公主的膝盖上，这时候她站起来，把手伸给他，少年装作没看见，很快退了出去。他回到那栋房子，铺开桌布，摆出最好的饭菜请老太太吃。随后他骑上马，又外出了。

他骑着马走了很长很长的路，来到一座**金碧辉煌**的王宫前面。那位被他解救出来的中过魔法的公主，从玻璃山回来以后就住在那里。少年下了马，穿上一套破衣服走进王宫，请求给他一点儿事情做。他被允许留下来，每天给厨房送柴送水。他走进厨房的时候，正看见膳房总管托着一个大盘子给公主送饭。少年走过去，问他能不能把一片树叶放在公主吃饭的盘子上。他得到**允许**以后，就把他藏起来的第二片银树叶放在上边。在第二个菜盘上，他放了第二片金树叶，在第三个菜盘上放了第二片钻石树叶。公主看见那三片树叶的时候，就问是谁放的。总管回答是厨房里干杂活儿的少年。但是当人们问他这是怎么回事的时候，他回答说，他现在还不愿意讲。

"不过我很快就会回来。"他说完就跑了。

他吹起笛子，马立即跑过来，他拿出金线织的衣服穿在身上。当他骑马朝王宫走去的时候，站在窗前的公主想，来的这位年轻、**英武**的骑士是谁呢？

她跑到王宫的院子里，认出了他，就是他在她坐在玻璃山上的王宫里时，在她的膝盖上放了三片树叶。她拉住他的手，

把他带到王宫里，不久他们就举行了婚礼。

当少年走回王宫的院子时，他的马还在那里。

"拔出你的宝剑，把我的头砍掉吧！"马说。

"我这样对待你多没良心哪！"少年说。

但是在马的恳求下，少年最后只得照他说的去做，他拔出宝剑，砍掉了马头。转瞬间一位**英俊**的王子出现在他的眼前。

"看到了吧，我中了魔法以后变成了那头蓝色的牛，"王子说，"那头牛死了以后，我变成了那匹帮助你得到公主的骏马。现在我要回自己的国家了。"

他**真诚**地谢过少年就走了。少年和公主在那里过着幸福、美满的生活。

穿 靴 子 的 猫

一只聪明的猫为了帮助他的穷困潦倒的主人，向主人要了一双靴子和一个口袋，到森林里打猎。他把每次获得的猎物都献给了国王，他用机智和勇敢打败了富有的食人怪，最终他帮助主人得到了国王的青睐和公主的爱慕。

一个磨坊主给他的三个儿子留下了自己的全部财产：一盘石磨，一头驴子和一只猫。三兄弟既没有请律师，也没有请公正人，很快就把这些微不足道的遗产分了：老大得了石磨，老二得了驴子，老三得了那只猫。老三得到这么可怜的一份财产，心里很是悲哀。他说："大哥二哥，你们俩要是合在一起，就能体面地谋生了。可我呢，即使吃了猫肉，再用猫皮做一副手套，到头来还是得饿死。"那只猫听了这番话，稳重而严肃地对主人说："亲爱的主人，请你不必伤心。只要你给我一个口袋，再给我做一双靴子，能让我在灌木丛里走路，你就会发现，你得到的这份财产并不像你想的那么糟糕。"

老三虽然不大相信他的话，但也看见过这只猫在捉老鼠

时所玩的许多花招，比如他把自己倒挂起来或者躲在面粉里装死。因此他想，猫对他摆脱贫困也许会有所帮助。

猫得到了他要的东西。他穿上漂亮的靴子，把口袋挂在脖子上，用两只前爪握住袋口的绳子，到有着许多兔子的树林里去了。他在口袋里装了些米糠，摆好绳套，然后躺在地上装死，等兔子跑进袋子里吃里面的东西。他刚躺下，他的愿望就实现了，一只冒冒失失的兔子走进了他的口袋。猫立刻把绳套拉紧，捉住了这只兔子。猫扬扬得意地带着他的猎物去见国王，国王陛下在他的住处接见了猫。猫向国王深深地鞠了一

躬，对他说："陛下，这只野兔子是我的主人卡拉巴斯侯爵（这是他为他的主人随意**编造**的名字）献给您的。"

"告诉你的主人，"国王回答说，"我很喜欢他的礼物，谢谢他。"另一次，猫躺在一片麦田里，**仍然**把他的口袋张得大大的。当两只鹧鸪钻进去时，他一抽绳子，把两只全捉住了。随后，他又像上次送兔子一样把鹧鸪送给了国王。国王又愉快地收下了鹧

鹄，还给了他一些赏钱。就这样，一连三个月，猫时不时地以他主人的名义向国王进贡一些野味。

有一天，猫听说国王要带着自己的女儿——世界上最美丽的公主坐车到河边去兜风，他就对主人说："如果你照我的话去做，你就会交好运。你只要到河里我给你指定的地方去游泳就行了，别的事由我来办。"

"卡拉巴斯侯爵"虽然不知道猫玩的是什么把戏，但他还是照猫的话去做了。

当他正在<u>游泳</u>的时候，国王的马车从河边经过，那只猫便扯着嗓子喊起来："救命啊！救命啊！卡拉巴斯老爷快要淹死啦！"

国王听到喊声，从车窗里探出头来，他认出了那只经常给他送野味的猫，就立刻命令他的侍从去**搭救**卡拉巴斯老爷。当人们把可怜的卡拉巴斯从河里拉上来时，猫走到马车前面对国王说，他的主人游泳时来了一群小偷，尽管他大喊"抓小偷！抓小偷！"，小偷还是把主人的衣服偷走了，其实是这只调皮的猫把他们藏在了一块大石头下面。国王立刻命令他的侍从取来一套最漂亮的衣服送给"卡拉巴斯侯爵"。国王向他表示了深切的慰问。"卡拉巴斯侯爵"穿上刚刚给他的漂亮衣服，显得更加英俊了。国王的女儿一看见他就对他产生了好感。

而当"卡拉巴斯侯爵"非常尊敬而又有几分温柔地看了她几眼以后，公主便**疯狂**地爱上了他。国王请他上车，同他一起游玩。猫看见他的计划快要成功了，心里非常高兴，就跑到车前先走了。不一会儿，他碰到一些农民在草地上割草，就对他们说："喂，割草的，你们要对国王说这片草地是卡拉巴斯侯爵的，不然你们就会倒大霉!"国王经过草地时，果然向那些割草的农民问起这片草地是谁的。

"是卡拉巴斯侯爵老爷的!"割草的人齐声回答，因为他们被猫的话吓坏了。"你的草地真漂亮啊!"国王对"卡拉巴斯侯爵"说。

"是的，陛下，"侯爵回答说，"这片草地每年的**收成**都不错。"那只聪明的猫继续在前面跑。他遇到了一些割麦子的人，就对他们说:"喂，割麦子的，你们要对国王说这些麦田是卡拉巴斯侯爵的，不然你们就会倒大霉!"不久国王经过这里，果然想知道他看见的这些麦田是谁的。

"是卡拉巴斯侯爵老爷的!"割麦子的人回答说。国王又赞赏了侯爵一番。

猫一直在马车前面跑，无论遇到什么人，他都说同样的话。国王对"卡拉巴斯侯爵"拥有这么多财富大为惊叹。

最后，猫来到一座美丽的城堡。这座城堡的主人是一个食人怪，他是世界上最富有的人，因为国王一路经过的地方都属于这座城堡。猫打听清楚了这个食人怪是谁，他有什么特点，然后要求同他见面，说是既然从城堡门前经过，如果不拜访主人，就显得失礼了。食人怪尽力以其所能做到的**温和**态度接待了猫，并请他坐下。

"有人告诉我，"猫说，"你有变成各种动物的本领，比如说变成一头狮子或者一头大象。""没错，"食人怪**粗鲁**地说，"我现在就变成一头狮子给你看。"

猫看见一头狮子突然出现在他的面前，吓得要命，赶快跳到房檐上。由于穿着靴子，他跳起来既费力又危险，在房檐上走路也不方便。过了一会儿，他看见食人怪恢复了原形，便从屋顶上下来，并承认他刚才被吓坏了。"还有人告诉我，可我不相信，"猫说，"说你能变成最小的动物，比如说变成一只老鼠或者田鼠。**坦率**地说，我认为这绝不可能。"

"绝不可能？"食人怪说，"我变给你看看！"他马上变成一只老鼠，在地板上跑来跑去。猫一看见老鼠，立刻扑上去，把他吃掉了。这时候，国王正好经过这里，他看见这座美丽的城堡，很想到里面去瞧瞧。猫听见了马车驶过吊桥时的辘辘声，赶忙迎上前去，对国王说："欢迎陛下光临卡拉巴斯侯爵的城堡！"

"怎么，侯爵先生，这座城堡也是你的吗？"国王惊叫起来，"这个天井及其周围的建筑真是美极了！要是你们愿意，我们再到里面瞧瞧去！"

"侯爵"挽着公主随国王之后下了车。他们走进一个大厅，那里已经摆下了一桌**丰盛**的酒席。这桌酒席本来是食人怪为他今天来访的朋友准备的，但那些朋友听说国王在里面，吓得都不敢来了。

国王对"卡拉巴斯侯爵"的良好品性十分**赏识**，又看到他拥有巨大的财富，同时也知道他的女儿已经完全被他迷住了，于是五六杯酒下肚以后，他便对"侯爵"说："侯爵先生，你愿不愿意做我的女婿，现在完全由你来决定了。"

"侯爵"向国王深深地鞠了一躬，接受了国王的好意，当天就同公主举行了婚礼。那只猫，从此变成了"高贵的绅士"，不再捉老鼠了，即使偶尔捉一次，也是玩玩罢了。

蓝 胡 子

从前有个长着一脸难看的蓝胡子的人，他家境富有，娶了邻居的女儿为妻。一天，蓝胡子要外出几个星期，等蓝胡子走后，妻子按捺不住心中的好奇，打开了不能打开的小房间，结果在里面看见了可怕的东西，吓得她赶紧跑了出来。蓝胡子回家后发现了妻子去过小房间，便决定要杀人灭口，但是妻子利用自己的聪明才智反败为胜，成功地脱险。

从前有个男人，他在城里和乡下有不少财产。他家境殷实，拥有各种金银器皿，套着绣花布罩的家具，镀金的四轮马车。不过，这男人很不幸，长着一脸难看的蓝胡子，妇女们一看到他，总是吓得转身就跑。

蓝胡子有个邻居，是个贵族妇女。她有两个花一般美丽的女儿。蓝胡子想娶她的一个女儿做妻子，可是那两个女儿看不上他，互相**推诿**，不肯嫁给蓝胡子做妻子。她们又很**忌讳**，蓝胡子已经娶过几次妻子，但是从来没有人知道那些女人的下落。

蓝胡子为了讨好她们，特地邀请她们母女到他的乡间别墅

里去住一个星期。他还请了她女儿的一些好友和邻近的几个年轻妇女一起做伴。

　　她们在别墅里除了娱乐性的舞会、打猎、钓鱼和豪华的夜宴之外，没有看到什么。大家通夜不睡，只是在一起谈天说地。蓝胡子的这次**邀请**，搞得非常成功。贵族妇女的小女儿动了心，开始改变想法，认为别墅主人的胡子倒也不是那么蓝了，看起来并不讨厌，是一个出色的人。

　　他们回到城里以后，不久就决定结婚了。过了一个月，蓝胡子告诉年轻的妻子："我有重要事情要下乡一次，至少六个星期。在我出门期间，请你自行安排，如果你想要散散心，也可邀请一些亲朋好友。要是高兴的话，可以带他们去乡下走走，做些菜肴招待他们。"

　　说完之后，蓝胡子又交代妻子："这是两个大库房的钥匙，里面放着我最喜欢的家具。这是开金银食器房间的钥匙，这些食器平常不使用。这是保险柜上的钥匙，里面存放金银货币。这是珠宝箱的钥匙。这是一把开家里所有房间的万能钥匙。这把小钥匙是开底层大走廊尽头一个小房间的钥匙。那些房间，你可以开门进去。不过走廊尽头那个小房间你不许进去。要是进去了，可莫怪我生气，会使你受不了。"

　　年轻的妻子答应一定照他的话办。于是他**拥抱**过妻子后，乘上漂亮的四轮马车走了。

　　那些邻居和好朋友早已等待得不耐烦了，希望新主妇邀请她们去她家里**参观**华丽的家具。以前有她丈夫在家，她们因为忌惮蓝胡子，不敢进她家门。

　　她们参观了她家的寝室，以及大大小小的房间和库房。那些房间布置得非常精致，一处胜过一处。

　　后来她们又上楼去，走进两个房间。那里摆设着最豪华的家具，墙上挂着墙帷，床铺、睡椅、大橱、柜子、桌子、镜子，样样俱全，真是琳琅满目、美不胜收。特别是那些镜子，可以从头照到脚；镜框有的是用银子制成的，也有包金的，看得人眼花缭乱，都是她们从来没见过的、最豪华的珍品。

　　朋友们看了都赞不绝口，美慕新婚主妇的幸福。不过年轻的妻子一心想看遍家里的全部东西，想去打开底层那个小房间。因为她急于想看小房间里的东西，竟不顾独自离开客人有失礼貌。她从后面的小扶梯走下去，走得非常匆忙。

　　她走到小房间门口，不由停下来，犹豫一阵，想到丈夫嘱咐的话，要是不遵守的话，也许会有灾祸临头；可又想开门进去看看，那诱惑力实在太强烈了。她克制不住，终于拿出小钥匙来，哆哆嗦嗦地开了门。起初，她什么也没看清楚，因为里面窗子关着。过了一会儿，她才看出地板上的斑斑血迹，靠墙一字儿躺着几个女人的尸体，那些女人都是蓝胡子从前娶来后杀死的。她吓得要死，慌忙从锁孔里拔出钥匙，一不小心，钥匙从手里落在地上。

　　等到定下神来，她急忙拾起钥匙，锁上了门，飞步跑上楼去，到卧室休息。她害怕极了，心脏跳个不停。她发觉那个小钥匙上沾了血，想把血迹擦去，擦了两三回，血迹总是擦不掉。她用水洗钥匙，甚至还用肥皂和砂纸擦洗，总是洗不干净，血迹还是留在上面。因为那钥匙上施过魔法，她怎么也没

法擦去血迹。钥匙上一边的血擦去了，另一边的血迹又出现了。

那天晚上，蓝胡子回来了。他告诉她，他要办的事已经顺利结束。他的妻子强作**镇静**，说他能早回家，她很高兴。

第二天早晨，他向妻子要回那些钥匙，她把钥匙一一交还给他。她交钥匙的那只手老是瑟瑟发抖，因此他一下子就猜出了发生的事。

"怎么？"他问道，"小房间的钥匙怎么不在一起？"

"准是忘在桌子上了。"她说。

"马上给我拿来。"蓝胡子说。

年轻的妻子**磨磨蹭蹭**，好大一会儿才把钥匙取来给他。蓝胡子仔细瞧着钥匙，问妻子道："钥匙上怎么会有血迹的？"

"我不知道！"可怜的女人吓得脸色苍白，大声嚷道。

"你不知道！"蓝胡子说，"我可知道。你不是进了那个小房间吗？也好，太太，那你就进去吧，在你看到的那些夫人中间找一个适当位置。"

年轻的妻子听了这话，浑身发抖地跪到丈夫脚跟前，求他饶命，并且发誓以后一定悔改，绝不敢再违抗他的命令。看到她苦苦哀求的样子，即使**铁石心肠**的人也会软化的，可是蓝胡子的心肠比铁石还硬，居然毫不动摇。他一口咬定：

"太太，你非死不可。必须马上就死。"

"既然我非死不可，那就请你给我留些时间，让我向上帝祈祷。"年轻的妻子泪如雨下，苦苦哀求。

"好吧，那我给你五分钟时间，不许超过一分钟。"蓝胡子斩钉截铁地说。

年轻的妻子上楼找她的姐姐说：

"安娜（这是她姐姐的名字），我求你到屋顶去，瞧瞧咱们的两个哥哥来了没有。他们曾跟我约定，今天要来。你看到他们，立即发出暗号，催他们快来。"

安娜爬到屋顶上去。可怜的即将被害的妻子不断对姐姐叫嚷：

"安娜，看到有人来吗？"

她姐姐回道：

"我只看到外面亮堂堂的阳光，**绿油油**的青草。别的什么也没有看到。"

这时蓝胡子手执钢刀，厉声对妻子说：

"赶快下来。不然我就上来啦。"

"请你等一会儿。"年轻的妻子回答后，急忙低声对姐姐说，"安娜，安娜姐姐，看到有人来吗？"

"我只看到外面亮堂堂的阳光，绿油油的青草。别的什么也没有看到。"

"赶快下来。不然我就上来啦。"蓝胡子又在喊叫了。

"就来，就来。"

年轻的妻子答应过后，又朝姐姐喊道：

"安娜，安娜姐姐，看到有人来吗？"

"看到了。我看到大路上尘土滚滚，向咱们这儿扑来。"

"是哥哥们来了吗？"

"哎哟，不对。"安娜回道，"来了一群羊！"

"你下来不下来？"蓝胡子**吆喝**道。

"再等一会儿。"

年轻的妻子回答后，又喊道：

"安娜，安娜姐姐，看到有人来吗？"

"看到啦！有两位骑士来了。不过他们离咱们这儿还远着呢。"

"感谢老天爷！"可怜的妻子高兴地嚷了起来，"那是我们的两个哥哥。我必须想法子发出求救信号，催他们快点儿来。"

蓝胡子的喊声更大了，响得整个房子都在抖动。不幸的妻子吓得面无人色，走下楼来，扑到丈夫脚跟前，头发披到肩上，淌着眼泪。

"你这样一点儿用也没有，你非死不可。"蓝胡子说着，一只手揪住她的头发，另一只手举起钢刀正要砍她的头。可怜的女人扭转身子，用临死前的眼睛望着他，希望再争取到一点儿时间。

"不行，不行。你只好靠上帝来救你了。"蓝胡子举起手来，正要持刀砍下去。

说时迟，那时快，忽然听到外面有人疯狂地敲门。蓝胡子一呆，猛然放下手来。大门一开，闯进两位骑士。他们拔出剑来，径直向蓝胡子刺去。蓝胡子认识这两位骑士，他们是他妻子的哥哥，一位是龙骑兵，一位是火枪手。他赶紧逃命，可是两位哥哥紧追不休，趁蓝胡子逃到门口脚跟没有站稳的时候，两把剑已刺进他的身体，把他刺死在地。可怜的妻子差不多也像她的丈夫一样死了似的，连站起来欢迎哥哥们的劲儿也没有了。

　　蓝胡子没有子女，因此他的全部家产由他妻子**继承**下来。她把一部分财产分给安娜姐姐，让姐姐和一个同她相爱的青年贵族做结婚费用；另一部分赠送给她的两个哥哥；余下一部分自己用来和一个正直的男人结婚。有了那个男人的陪伴，她才能把她跟蓝胡子的那段不幸经历逐渐淡忘。

一棵奇异的苹果树

从前有一个农妇，她在树林里遇见一个老太太向她要覆盆子，农妇给了她，为了报恩，老太太告诉农妇：她的儿子只有找到他喜欢做的工作，他才能孝顺她，他自己才能得到幸福，他也才能对人们有益处。于是她的儿子经过各种尝试，终于找到了自己喜欢的工作——利用奇异的苹果树上的苹果医治病人，从此成了一个既有益于他人又有益于自己的人。

从前喀尔巴阡山上有一个农妇。她有一个独生子名叫弗拉吉斯拉夫。

有一次，这个农妇到树林里去采野果。她摘了满满一土罐的野覆盆子，正打算回家，看见一棵树墩上坐着一个老太太，身上穿着一件花布背心。那老太太向这个农妇乞求说：

"好心的人哪，把野覆盆子给我吃了吧！我吃了你的东西，我就会给你儿子指示一条幸福的道路。"

农妇舍不得把野果给她吃，可是又很想让她儿子得到幸福，所以，她还是伸手把罐子交给老太太了。

老太太把覆盆子吃得一粒也不剩，吃完擦了擦嘴说：

"你记住吧，你的儿子只有找到他喜欢做的工作，他才能**孝顺**你，他自己才能得到幸福，他也才能对人们有益处。"

农妇问："老太太，我的弗拉吉斯拉夫喜欢做的是哪一种工作呢？"

没有人回答她的问题，老太太不见了。

老太太坐的地方，只有一只蝎子，摇了摇尾巴不见了。但是，土罐又自动长出满满一罐熟透了的覆盆子。

农妇知道，她刚才遇见的这个老太太绝不是平常人，一定是个巫婆。

她左思右想，想要给她儿子找一件他喜欢做的工作——想来想去想不出。

农妇在路上碰见一个裁缝，就问裁缝说：

"裁缝先生，世界上哪一种工作最好？"

他回答说："世界上最好的工作就是裁缝。"

农妇就让弗拉吉斯拉夫跟裁缝当学徒去了。这个男孩子学穿针，学把剪子递给裁缝，学把熨斗烧热。

这样过了三个月，农妇到城里**探望**儿子来了。裁缝师傅把她儿子**夸奖**个没完——说孩子又勤快，又聪明。可是弗拉吉斯拉夫自己却是很不高兴的样子。

妈妈问他："我的乖孩子，你喜欢做裁缝吗？"

儿子回答说："不，妈妈，我不喜欢。我们用金线织锦缎给懒财主缝衣裳，穷人穿的却是破衣裳。"

妈妈吓坏了，让别人听见这种话，不把她儿子关进监牢里

去才怪哩，她**急忙**拉着儿子的手，从裁缝家里走了出来。

他们在路上碰见一个鞋匠，只见他迈着大步，口里唱着山歌。农妇把他叫住，问他哪一种工作是最好的工作。

鞋匠回答说："鞋匠的工作最好，我们不知道忧和愁，我们只知道替人家做鞋子。"

农妇就让弗拉吉斯拉夫跟鞋匠当学徒去了。

这样过了两个月，妈妈放心不下，又来探望儿子。

鞋匠也把弗拉吉斯拉夫夸奖个没完。可是弗拉吉斯拉夫自己还是闷闷不乐的样子。

妈妈问他："我的孩子，鞋匠的工作你喜欢吗？"

儿子回答说："不，妈妈，我不喜欢。我们用山羊皮给懒财主做皮鞋，爱**劳动**的穷人可光着脚，没鞋穿。我总是想，能倒过来才好哩。"

农妇吓了一跳，让别人听见这种话，不把她儿子关进监牢里去才怪哩，她急忙拉着儿子的手，从鞋匠家里走了出来。

农妇又问了很多人：世界上哪一种工作最好？每一个人都夸自己的工作好。

有一次，农妇看见一个武士骑马走过。农妇便上前问他，世界上哪一种工作最好。

武士勒住马，想了一想说：

"最好的工作是制造兵器。一个兵器匠人可以打出又轻又快的好马刀，打出沉重的宝剑和**锐利**的长矛，就让你儿子学着做个兵器匠人吧。"

农妇就让弗拉吉斯拉夫跟兵器匠人当学徒去了，并且对他说：

"我为你也算费够了苦心啦。若是你再不喜欢**制造**兵器的话，我就要让你当牧童，给村里的人去看牲口去了。"

一个月过去了，两个月过去了。冬天过去了，雪开始融化，到处听见滴滴答答的声响。

一天清早，有一个人很快乐地敲着农妇的屋门。农妇开门一看，**高兴**得拍起手来。门前站着的是弗拉吉斯拉夫，肩上背着背包。他把背包从肩上取下来，说：

"好妈妈，快让我当牧童去吧！我再也不学做兵器这活儿了。对我们的掌柜来说，他不论给什么人做兵器都是一样，给自己做也行，给敌人做也行。但是，我可不愿意让敌人拿着我做的马刀杀自己国家的人，最好还是让我做牧童去吧。"

弗拉吉斯拉夫从此就当了牧童啦。他整天就是放放牲口，唱唱山歌，吹吹芦笛。

有一次，弗拉吉斯拉夫看见附近的一座森林里有一股烟往外冒。弗拉吉斯拉夫跑到森林里一看，原来是这么一回事！有一块白石头，四周都是火，石头上面有一只大蝎子，正急得在上边乱转哩。

牧童弗拉吉斯拉夫觉得蝎子很**可怜**，就把手里拿的手杖伸到蝎子旁边。蝎子就像过桥似的，顺着这根手杖爬过来，跑到绿草地上去了，只见她在地上一滚，就变成了一个老太太。

"好孩子，好牧童，来，咱们一块儿到我家里去吧！你救了我，我也忘不了你，让我把幸福送给你。"

弗拉吉斯拉夫回答说："不行，我不能舍了牲口不管哪。怕

狼来吃它们哩。"

老太太说："放心吧，这点儿工夫，我的孙子们——小蝎子们会替你看管牲口的。"

弗拉吉斯拉夫就跟随着老太太走进一个很大的、很黑暗的洞里去。

老太太一拍手，洞里立刻明亮起来。弗拉吉斯拉夫看见洞里放着两只大箱子，箱盖开着，里面装得满满的都是宝石。一只箱子里是红宝石，放射着红光，另一只箱子里是蓝宝石，放射着天蓝色的光。洞中央长着一棵苹果树，树上结着很多金苹果。

老太太对弗拉吉斯拉夫说：

"你拿走那箱红宝石，就可以成为世界上最英俊的人。你拿走那箱蓝宝石，就可以成为世界上最有权势、最有钱财的人。你拿走苹果树，你就仍然是个穷人，但是，这样你自己才能幸福，才能孝顺你母亲，才能对人们有益处。你若是有了苹果树，你就能找到你最喜欢做的工作。"

弗拉吉斯拉夫问："老太太，到底是哪一种工作呢？"

老太太说："这棵苹果树不是一棵平常的树。他每天早晨开花，每天一到傍晚，树枝上就结满了金苹果，这些金苹果什么病都能治，不过治病的时候，不能要人家的钱。"

弗拉吉斯拉夫说："老太太，把苹果树送给我吧！"

老太太把手一扬，苹果树自动地摇动起来，把树根上的泥土抖搂下来，就跟在弗拉吉斯拉夫的身后摇摇摆摆地走了。

弗拉吉斯拉夫把这苹果树栽在自己的窗户前面，立刻就动

手做好事，他把树上的金苹果摘下来，在村里走了一圈，把苹果送给村里所有的病人。病人们吃了金苹果立刻就好了，有一个让松树砸了腰的砍柴人好了。连一个名叫留济娜的老太太也从床上起来了，她已经一百岁了，从来就没有人记得她有过没病没痛的日子。

从此以后，喀尔巴阡山上到处都**传说**着，有一个牧牛的男孩子用金苹果把所有的病人都治好了，并且，一个钱都不要。

有一次，国王坐着车在山里走过。他患了伤风，请了一位德国大夫治——没治好，请了一位法国医生治——也没治好，又请了一位土耳其的医生治，结果惹得国王生了一肚子气。

国王的仆人们就对国王说，有这么一件事，这儿有一个牧童可以用金苹果治病。

国王回答说："阿嚏！阿嚏！送我到牧童那里去！"

国王乘车往牧童家里来了，早有**报信**的人前来对牧童说，国王亲自找牧童治病来了。

国王来到弗拉吉斯拉夫茅屋的门前，正巧这时有几个人把一个猎人抬来了，他是被熊打伤的，眼看**性命**不保了。

但树上只剩下了一个苹果。

国王嚷着说："先给我治！我定有重赏，让那个打猎的人等一等！"

弗拉吉斯拉夫说："不能让他再等了，他都快死啦。"一面说着，一面把金苹果从树上摘下来给了打猎的人。

猎人吃完了金苹果，立刻就像好人一样了。

国王心中大怒，喷嚏打个不停。他等不到第二天金苹果熟了，就命令仆从把金苹果树从地里拔起，种到御花园里去。

大伙儿就刨苹果树的根。

苹果树像有生命的一样，呻吟着，树根赖着不肯从土里出来，并且用他的枝条抽打国王的仆从。他们用大粗绳子把他捆起来，放在车上运送到王宫里去了。

弗拉吉斯拉夫又到洞前把蝎子老太太叫出来，**请求**她再给他一棵苹果树。

老太太说："我也没有第二棵金苹果树了。不过，我可以给你一些各种颜色的梨。它们可以帮你把那棵旧苹果树找回来。但是，你自己要先试一试这些梨，你就会了解它们的性能了。"

弗拉吉斯拉夫吃了一个绿颜色的梨，忽然他的前额上长出两只角来。他又吃了一个红颜色的梨，两只角就掉下来了。他吃了一个蓝颜色的梨，他的鼻子长得很大。他又吃了一个黄颜色的梨，鼻子就小得和从前一样了。

弗拉吉斯拉夫拿了许多各种颜色的梨，走进王宫去救被带走的金苹果树。

宫廷里的大官看见这些各种颜色的梨，就嚷了起来：

"哦！多么好看的梨呀！卖给我们吧！"

弗拉吉斯拉夫回答说："这些梨不是卖的，谁要吃就拿着吃吧，不要钱。"

国王和大官们各自拿了蓝颜色的梨和绿颜色的梨大嚼起来。忽然大家吃惊地喊叫起来了，有人的鼻子变大了，有人的头上长了两只角。国王的两只角很像是鹿角，从王冠下面突了出来。大臣们相互嘲笑着对方的大鼻子。这时，他们才**恍然大**

悟，知道受了那个牧童的愚弄。他们扑到牧童面前，嚷着说：

"救救我们吧！你要什么就给你什么！"

弗拉吉斯拉夫回答："好吧！我救你们，可是，你们把金苹果树给我。"

他把红色的和黄色的梨给了国王和大臣们，他们**狼吞虎咽**地把梨吃完了。果然，他们的角和大鼻子立刻都消失了。

弗拉吉斯拉夫往花园跑去，花园里种着那棵金苹果树，树的周围是银栅栏。苹果树变黑了，好像烧焦了似的。

弗拉吉斯拉夫问他："唉，我的好苹果树哇，你在国王的花园里怎么反而枯萎**凋谢**了呢？"

苹果树回答说：

"没有自由怎能不枯萎？没有自由怎能不凋谢？一旦让我自由，我便会重新开花结果。"

苹果树抖搂了根上的土，自动跟随着弗拉吉斯拉夫向喀尔巴阡山走去。苹果树在回家的路上，他的枝上又重新长满了绿叶，开满了花朵。

苹果树又回到弗拉吉斯拉夫住的村子里，又重新回到他原来的地方，当天傍晚，苹果树上又结满了金苹果。

弗拉吉斯拉夫又给劳动人民治病了。

他自己非常幸福，他对妈妈也很孝顺，他对人们也有益处，因为，这是他最喜欢的工作。

国王和才女

古时候，有一对儿国王和王后，刚开始他们没有孩子。当国王去了一个很远的国家后，王后生了一个男孩，叫伊凡王子。可是国王并不知道，他与水魔王定下契约要把王子献给水魔王。伊凡王子知道事情的真相后，通过和水魔王女儿协力合作，与水魔王斗智斗勇，他们终于逃离了水魔王的掌控，回到伊凡王子的国家，从此过上了幸福的生活。

古时候，有一对儿国王和王后。他们没有孩子。国王到一个很远的国家去了，很久没有回来。后来，王后生了一个男孩，叫伊凡王子。国王还不知道这件事。

国王**起程**回国，快到自己国境的时候，遇上一个大热天，太阳晒得能烤饼。他口渴极了，什么东西都不想吃，只想喝水。他往四周一看，发现不远的地方有一个大湖。他走到湖边，下了马，弯下身子，大口大口地喝水。他只顾喝水，没想到**祸从天降**，水魔王抓住了他的脖子。

"放了我！"国王哀求说。

"我不放，你竟敢不经我的允许就喝水！"

"你要什么我都给你，只要你放了我。"

"把你家里不知道的东西给我。"

国王**左思右想**，家里没有什么东西他不知道，他觉得家里有的东西自己都知道，于是就答应了水魔王。他动了动，发现没有人再掐他的脖子，连忙站起身来，骑上马，回家去了。

他回到家里的时候，王后和未见过面的王子高高兴兴地迎接他。当他知道这是他的儿子，马上流出了眼泪。他把路上的事情告诉王后，两人**抱头痛哭**，可是没有办法，哭也没用了。

他们照常过日子，王子像发了酵的面粉，长得很快，不是一天一个样，而是一个小时一个样，不到一个月就长大成人了。

"不管在身边带多久，"国王心想，"最后还是要交给别人，无法挽回。"

国王牵着王子的手，来到湖边。国王说：

"你找一找，我昨天不小心在这里丢了一个**宝石**戒指。"

他留下王子一个人，自己回家去了。

王子沿着湖边找戒指，遇到一个老太婆。

"上哪儿去，王子？"

"走开，老妖婆，别讨厌，我够烦的了！"

"那好，上帝保佑你！"

老太婆走开了。王子想了想："我为什么要骂老太婆？现在去把她找回来吧。老年人见多识广，也许能出个好主意。"

他叫老太婆回来：

"老奶奶，你回来，我说了粗话，对不起。我是心烦才这么说的。父亲要我找宝石戒指，可我找了半天，什么也没有找着。"

"你父亲不是为了找戒指把你留在这里，而是要把你交给水魔王。待会儿他就会出来，要把你带到水晶宫去。"

王子痛哭起来。

"别难过，王子，只要你听我老婆子的话，就会逢凶化吉。你躲到小树丛后边去，不要喘大气。有十三只鸽子，是十三个美女，会飞到湖里洗澡。那时你把第十三个美女的衬衣拿过来，她不送你**手镯**就不要还给她衬衣。如果做不到这一点，你就永远别想活了。水魔王宫殿周围是高高的**栅栏**，有好几里长。每根柱子上挂着一个人头，只有一根空着，你不要去凑这个数！"

王子向老太婆道谢，然后走进小树丛里躲起来，等待机会。

忽然飞来十二只鸽子，落在地上变成美女，一个个都是无法形容的漂亮。她们脱下衣服，跳到湖里洗澡。她们互相泼水，说说笑笑，打打闹闹，又唱又跳。跟着又飞来一只鸽子，落在草地上，变成一个美女。她从身上脱下衬衣，下水洗澡。她的**容貌**最好，最漂亮。

王子目不转睛地看着她，很久才想起老太婆说的话，悄悄走过去拿走她的衬衣。

她从水里出来，想穿衣服，发现衬衣不见了，被人偷走了。姑娘们一齐找，找哇找哇，没有找到。

"不要找了，好姐姐，你们回去吧。我自己不小心，怪我自己。"那个美女说。

　　姐姐们在地上一跺脚，变成鸽子，张开翅膀飞走了。剩下她一个人，看了看周围，嘴里念叨着：

　　"偷我衬衣的人，赶快出来。如果是上了年纪的人，就做我的爸爸！如果比我大，就做我的哥哥！如果和我一样大，就做我的好朋友。"

　　她刚说完，王子就走出来了。她把手镯送给王子说："哎呀，伊凡王子，你怎么这么久才来。水魔王生你的气了。你看，那儿有一条路通往水晶宫，你大胆走过去，会在那里看到我。我是水魔王的女儿华西丽莎。"

　　华西丽莎变成鸽子，离开王子飞走了。

　　王子向水晶宫走去，发现这里同外面一模一样，有稻田，有草地，有树林，有太阳。

　　水魔王见到他，大声质问："为什么这么久才来，现在罚你做一件事。我有一块荒地，方圆几十里，到处是深沟和乱石。

我希望明天那里变得像**地毯**一样平，还要种上黑麦，长得高高的，乌鸦能在里面藏身。你如果做不到这一点，我就叫你人头落地！"

王子眼泪汪汪地离开水魔王。华西丽莎从窗户看见了他，便问他：

"你好，王子，你怎么哭了？"

"我能不哭吗？"王子说，"你父亲要我在一夜之间，把荒地上的深沟和洼地填平，推倒乱石，还要种上黑麦，天亮前要长得高高的，乌鸦能藏身。"

"坏事还在后头呢，上帝保佑你，去睡吧，车到山前必有路。"

王子睡了，华西丽莎走到台阶上，大声呼喊：

"喂，我**忠实**的仆人，赶快把深沟填平，把乱石搬走，种上黑麦，天亮前要长熟。"

王子早晨醒来，抬头一看，深沟和洼地都被填平了，荒地像地毯一样平，黑麦长得高高的，乌鸦可以在里面藏身。他去向水魔王报告。

"谢谢你办成了事。"水魔王说，"现在再给你一件事做：我有三百垛麦子，每垛一百捆，明天天亮前，你要碾成麦粒。麦垛要保持原样，麦捆不能**拆散**。如果你办不成，我就要你人头落地！"

"遵命，陛下！"

王子流着眼泪，在院子里走过。

"哭什么？"华西丽莎问他。

"水魔王命令我在一夜之内，把麦垛碾成麦粒，麦垛还要保持原样，麦捆不能拆散，我能不哭吗？"

"坏事还在后头，上帝保佑你，去睡吧，车到山前必有路。"

王子睡了，华西丽莎走到台阶上，大声**呼喊**：

"喂，所有的蚂蚁听着，你们赶快到这里来，把麦垛里的麦粒挑出来！"

第二天早晨，水魔王把王子叫去问：

"事情办好没有？"

"办好了，陛下！"

"我们去看看。"

他们来到打谷场上，麦垛堆得好好的，粮仓里装满了麦子。

"谢谢你，老弟，"水魔王说，"你再用蜂蜜给我造一座教堂。明天天亮前要造好，这是给你的最后一件差事。"

王子满脸流着眼泪，走到院子里。

"你哭什么？"华西丽莎从高高的**闺房**问。

"水魔王命令我一夜之间用蜂蜜建起一座**教堂**，我能不哭吗？"

"这算不得坏事，坏事还在后头呢，去睡吧，车到山前必有路。"

王子睡了。华西丽莎走到阳台上大声呼喊：

"喂，蜜蜂，全世界的蜜蜂都飞到我这儿来，用你们的蜜筑一座教堂，天亮前要筑好。"

第二天早晨，伊凡王子醒来一看，用蜂蜜修的教堂造好了。他去向水魔王报告。

"谢谢你，伊凡。我有很多仆人，但是没有一个像你这样能干。这样吧，你做我的继承人，管理全国。我有十三个女儿，你随便选一个做妻子。"

伊凡选中了华西丽莎，当天结婚，婚礼热闹了三天三夜。

过了一些日子，伊凡想念父母，想回去看看。

"你怎么闷闷不乐，伊凡?"

"啊，是这么回事，华西丽莎，我想念父亲，想念母亲，想回去看看。"

"这就糟了！如果我们逃走，水魔王会发**脾气**，派人来追我们，把我们杀死。我们得想个好办法。"

华西丽莎在三个屋角各吐了一口痰，锁上门，和伊凡王子逃走了。

第二天早晨，水魔王派人去叫华西丽莎和伊凡进宫去。来人敲了敲门：

"起来，起来，魔王陛下叫你们去。"

"早着呢，我们还没有**睡醒**，待会儿再来。"第一口痰回答说。

来人走了，过了一会儿又来敲门：

"睡够了，该起床了。"

"等一会儿，我们这就起床穿衣服。"第二口痰回答说。

来人第三次敲门：

"水魔王生气了，问你们为什么这么**拖拖拉拉**的。"

"来了，来了。"第三口痰回答说。

来人等了一阵，又敲门，没有人回答。他们砸烂门，屋子里空空的，一个人也没有。

华西丽莎和伊凡已经走出很远了，**马不停蹄**地跑。

"伊凡，你趴到地上听一听，水魔王是不是派人追来了？"

伊凡下了马，耳朵贴在地上听了听说：

"我听到了人说话和**马蹄**的声音。"

"这是来追我们的。"华西丽莎说。她把两匹马变成一块草地，伊凡变成牧羊老人，自己变成一只乖乖的绵羊。

追的人赶上来问：

"喂，老头儿，见到一个美男子和一个漂亮的姑娘过去吗？"

"没有，好人哪，"伊凡回答说，"我在这里放了四十年的羊，没有一只鸟飞过，也没有见到什么野兽溜过。"

追的人回去向水魔王报告：

"陛下，什么人都没有见到，只遇到一个放羊的人。"

"为什么不把他们抓起来，这就是他们两个人。"水魔王大喊大叫，派另外的人去追。

伊凡和华西丽莎已经跑出很远很远了。

"喂，伊凡，趴到地上听一听，是不是水魔王又派人追上来了？"

伊凡下了马，耳朵贴在地上听了听说：

"我听到人说话和马蹄的声音。"

"这是来追我们的！"华西丽莎说。她把自己变成一座教堂，把伊凡变成一个老神父，马变成了树。

追的人赶上来问：

"喂，神父，你见到一个牧羊人过去吗?"

"没有，好人哪，我在这个教堂待了四十年了，没有见过一只鸟飞过，没有见过一只野兽溜过。"

追的人回去**报告**说：

"陛下，到处都找不到牧羊的人，路上只见到一座教堂和一个神父。"

"为什么不砸烂教堂，不把神父抓起来? 这就是他们两个人。"水魔王大喊大叫，自己跑去追。伊凡和华西丽莎已经跑出去很远。

华西丽莎又对王子说：

"伊凡，趴到地上听一听，是不是有人追来了?"

伊凡下了马，**耳朵**贴在地面上听了听说：

"我听到了人说话和马蹄的声音，比上一次更清楚。"

"这是水魔王自己追来了。"

华西丽莎把马变成一个湖，王子变成一只公鸭，自己变成一只母鸭。

水魔王来到湖边，认出了鸭子是什么人。他在地上猛击一下，变成一只鹰，想把鸭子啄死。他从空中向公鸭扑去的时候，公鸭扎进了水里；向母鸭扑去的时候，母鸭也扎进了水里。扑来扑去，总是扑个空。

水魔王气得回到自己的水晶宫去了。华西丽莎和伊凡抓住机会离开，向伊凡的**祖国**走去。

他们走了很久，回到了伊凡的国家。

"你在这个树林里等我，"伊凡对华西丽莎说，"我先去告

诉父亲和母亲。"

"你会忘记我的，伊凡。"

"不会，我不会忘记你。"

"不，伊凡，你不要说了，你会忘记我的，要是有两只鸽子飞到**窗台**上来，那时候你一定要想起我。"伊凡回到了家，父母亲看见他，走上去抱住他的头亲了又亲。伊凡高兴得把华西丽莎忘了。

伊凡和父母亲在一起住了两天，第三天才想起来好像已与一个什么公主结婚。

华西丽莎走进城，给一个卖烧饼的老板娘当工人。华西丽莎做烧饼，拿着两把面做了两只鸽子，放进炉子里烤。

"你猜猜，老板娘，这两只鸽子会怎么样？"

"把它们吃了就行了，还会怎么样！"

"你猜得不对。"

华西丽莎打开炉子，推开窗户，两只鸽子扑棱一下飞走了，飞到宫殿的窗台上。不管宫殿里的仆人怎么赶，也没有把鸽子赶走。

这时候，伊凡才想起华西丽莎，派人四处打听，寻找华西丽莎，最后在烧饼店找到了她。伊凡拉着她的手吻了又吻，把她领到父母面前。两人重逢后，日子过得很**美满**。

鞋 匠 的 故 事

一个妖怪抓住了公主，没有吃她，反而娶她为妻。公主不愿意，她偷偷地叫国王找一个鞋匠前去营救她。乐于助人的鞋匠来到妖怪洞口，通过自己的智慧打败了妖怪，成功解救了公主。鞋匠做了好事，却不要报酬，还是去当鞋匠了。我们也应该学习鞋匠乐于助人的精神。

有个地方出现了一个妖怪，干了不少坏事，他向每户人家要一个女孩，把她们一个个吃掉。

灾祸轮到了公主的头上。妖怪抓住公主，把她拖进洞里，却没有吃她，反而娶她做了老婆。

有一次，妖怪要飞到外面去，他用木头堵住门，怕公主跑掉。公主从家里带来了一条狗，她写了个纸条挂在狗脖子上，叫它送给国王和王后。狗把信送走了，还带回了回信。

国王和王后是这样写的："你先搞清楚，谁能制服妖怪。"

公主细心服侍妖怪，**试探**着问他怕谁，妖怪总是不肯说。有一次终于说漏了嘴，说有个地方的一个鞋匠能制伏他。

公主听说之后，写信告诉父亲派人去找鞋匠，要他来救自己。

国王听到这个消息，亲自去找到鞋匠，求他**消灭**这个残忍的妖怪，救出公主。

鞋匠手里拿着十二张皮子，正在揉搓。这时，他看见国王来了，吓得发抖，把皮子也弄破了。不管国王和王后如何劝说，鞋匠都不愿意去打妖怪。

国王和王后想出一个办法，找来五千个小孩，要他们哭着去求鞋匠，希望小孩的眼泪能感动鞋匠。

小孩流着眼泪求鞋匠去打妖怪，看见小孩子**哭泣**，鞋匠很

难过，便答应了国王和王后的请求。他拿出几百条麻绳，涂上焦油，把自己的身子缠住，**防备**妖怪咬他，然后动身去打妖怪。

鞋匠来到妖怪洞口，妖怪锁着门待在里面，不肯出来。

"你最好还是出来，不然我就砸烂你的窝！"鞋匠说完就动手砸门。

妖怪感到躲不过去，就走了出来。

鞋匠和妖怪打了起来。打来打去，不知打了多久，妖怪被打败了，向鞋匠**求饶**：

"不要打死我，世界上没有比我们两个更厉害的人，我们把地球一分为二，你一半，我一半。"

"好，要画出一条界线。"

鞋匠打了一把几百斤的犁，套上妖怪，开始量地，他们犁出了一条很深的沟，一直犁到海边。

"好了，"妖怪说，"现在我们分好了。"

"地是分好了，现在来分海，不然你要说我占了你的海。"妖怪拉着犁走到海中间，被淹死了。

那条沟现在还看得见，沟边高出地面好几尺，人们在附近犁地，从来不动它。有人不知道它的来历，把它叫作**堤坝**。

鞋匠做了好事，不要报酬，还是回去当他的鞋匠了。

学手艺的故事

> 👨 从前，有一对儿老头儿和老太婆，他们想要儿子学点儿手艺，于是把儿子交给了一个巫师，巫师说三年后去找他认儿子，如果错过时间，他的儿子将永远留在那里。巫师想要老头儿的儿子留下来，就故意给老头儿使绊子，但是聪明的儿子通过自己的智慧，成功地脱离了巫师的魔爪，回到了自己的家。

从前，有一对儿老头儿和老太婆，他们有一个儿子。老头儿很穷，想叫儿子学点儿手艺。儿子学了本事，便有人可以帮他们干活儿，死的时候有人**料理**丧事。可是老头儿没有钱，儿子想学什么都学不成。他带着儿子从这个城市走到另一个城市，谁都不愿收他的儿子当学徒，因为他交不起**学费**。

老头儿回到家里，老两口儿流着眼泪，闷闷不乐，叹自己命苦。后来他又带儿子进城去，在城里遇到一个人。那个人问他：

"喂，老头儿，你为什么不高兴？"

"我带儿子来学手艺，可是谁都不愿免费教他，我又没有钱，我能高兴吗?"老头儿说。

"那好，交给我吧。"那个人说，"只要三年，我能教会他各种各样的好手艺。三年后的今天这个时刻，你来领儿子。你记住不要过了时间，要准时来认儿子，把他领回去;过了时间，他就要永远留在我那里。"

老头儿很高兴，没有问那个人住在哪里，要教儿子什么手艺。他把儿子交给那个人，就回家去了。他高高兴兴回到家，把事情告诉老伴。其实，那个人是个巫师。

三年过去了，老头儿记不清是哪天交出儿子的，不知道如何是好。儿子变成一只小鸟，提前一天飞回家，"啪"的一声落在墙脚的土台上，小鸟一抖羽毛，变成一个漂亮的小伙子走进屋，向父亲**鞠躬**问好，告诉父亲第二天正好是三年约定期满的日子，一定要去接他回来，还告诉父亲怎样认他。

"巫师不是教我一个人，"儿子说，"还有十一个人，都是因为父母没有认出来，被巫师长期扣留的。要是你认不出我，我就会成为第十二个被扣留的人。明天你来接我的时候，他会把我们变成十二只鸽子放出来，羽毛一样，尾巴一样，脑袋也一样。**你注意**看着，鸽子们都飞得很高，但我会飞得最高。老板问你认出儿子没有，你就指出飞得最高的鸽子是我。"

儿子继续说:"在这之后，巫师会放出十二匹马，毛色一模一样，马鬃一模一样，鬃毛倒向同一个方向，你走过马身边的时候注意看着，我会踩一下右脚。巫师问你认出儿子没有，你放心大胆指出是我。"儿子还说:"接着，巫师会领来十二个小伙子，身材一模一样，头发一模一样，相貌一模一样，衣服也一模一样。你走过他们身边的时候，注意观察，我右边脖子上有只小苍蝇。巫师问你认出儿子没有，你就指出是我。"

儿子说完，和父亲告别，走出家门。他在土台上拍了一下，又变成一只小鸟，飞到老板那里去了。

早晨，老头儿起来，动身去认儿子。他进了城，见到了巫师。

"喂，老头儿，"巫师说，"我教会了你儿子很多手艺，但是你要是认不出他，他就要永远扣留在我这里。"

巫师放出十二只白鸽，羽毛一模一样，尾巴一模一样，脑袋也一模一样。他说："老头儿，认认你的儿子吧。"

鸽子都一个样，怎么认得出来！老头儿看着看着，见一只飞得最高。他指着那一只说："那是我的儿子！"

"认出来了，认出来了。"巫师说。

第二次，巫师放出十二匹马，都是一个样，鬃毛倒向同一个方向。老头儿围着马看了一阵。巫师问他："怎么样，老头儿，认出儿子了吗？""还没有，请稍等一会儿。"

老头儿发现一匹马跺了一下右脚，他马上指着说：

"这是我的儿子！"

"认出来了，认出来了，老头儿。"

第三次，走出来十二个小伙子，身材一模一样，头发一模一样，声音一模一样，相貌一模一样。

老头儿把小伙子们看了一遍，什么也没有发现，又看了一遍，还是什么也没有发现。第三次看的时候，发现一个小伙子右边脖子上有只苍蝇。他说："这是我的儿子！"

"认出来了，认出来了，老头儿！"

巫师没有办法，只好交出老头儿的儿子。父子俩回家去了。

他们走着走着，看见一个地主。

"爸爸，"儿子说，"我现在变成一条狗，地主要买我，你就卖给他，但是项圈不要卖，不然我就回不来了。"

儿子说完，在地上击了一掌，立刻变成了一条狗。

地主见老头儿牵着一条狗，想买下来。他看上了狗，也看上了狗脖子上的项圈。地主出一百块钱，老头儿要三百块钱。说来说去，地主用二百块钱买下了狗。

老头儿要取下项圈，地主坚决不答应，根本不听老头儿说。

"我只卖狗，不卖项圈。"老头儿说。

"胡说，"地主说，"谁买狗同时也就买了项圈。"

老头儿心里想，没有卖狗不卖项圈的，只好连项圈也卖了。

地主接过狗，把它放到马车上。老头儿拿上钱回家去了。

地主走着走着，看到对面突然跑来一只兔子。他心里想，把狗放去追兔子，看看狗的腿力怎么样。

他刚放出狗，兔子向一个方向跑了。狗朝另一个方向跑进了树林里。地主等了很久，不见狗回来，只好空着手走了。

狗变成了一个漂亮的小伙子。

老头儿边走边想，回去怎么见老伴，该对她怎么说，这时儿子追上了父亲。

"哎呀，爸爸，"儿子说，"你怎么把项圈也卖了，如果不是遇上兔子，我就回不来了，白白送给了人家！"

父子俩回到家里，生活还过得去。过了一些日子，一个星期天，儿子对父亲说："爸爸，我变成一只鸟，你拿到集市上去卖，但是不要卖笼子，不然我就回不来了。"

儿子在地上击了一掌，变成了一只鸟。父亲把他装进笼子，拿去卖。很多人看上了鸟，围住老头儿**讨价还价**，要买他的鸟。

巫师也来了，马上认出了老头儿，知道笼子里的鸟是老头儿的儿子变的。有人出了很高的价钱，他出的价钱更高。老头儿把鸟卖给了他，但是笼子没有卖，巫师**费尽心机**，磨破了嘴皮，老头儿还是不卖笼子。

巫师接过鸟，用布包起来拿回家。

"喂，女儿，"巫师回到家里说，"我把那个坏小子买回来了。"

"在哪儿？"

巫师打开布，鸟早就飞走了。

又是一个星期天，儿子对父亲说："爸爸，这次我变成马，你记住，只卖马，不要卖笼头，不然我就回不来了。"

儿子在地上击了一掌，变成一匹马。老头儿牵着马到市场去卖。马贩子围住老头儿讨价还价，出的价钱一个比一个高，巫师出的价钱最高。

老头儿把儿子卖给了他，但是笼头不卖。

"我怎么牵回去？"巫师说，"能牵到家也行，到时我换上自己的笼头，你的我用不着。"

马贩子也来帮腔，说事情不能这么办，卖马就要卖笼头。老头儿说不过他们，把笼头也卖了。

巫师把马牵进院子，关到马厩里，**结结实实**绑到吊环上。

他把马的脑袋吊得老高老高，使马的前腿够不着地，只能用后腿站着。

"喂，女儿，"巫师说，"我总算把那个坏小子又买回来了。"

"在哪儿？"

"关在**马厩**里。"

女儿跑去看，见马怪可怜的，想把缰绳放松一些，就在这时，马挣脱**缰绳**跑了。

女儿跑去告诉父亲："爸爸，原谅我做了错事，马跑掉了！"

巫师在地上拍了一下，变成一只狼去追赶，眼看就要追上了。马跑到河边，变成刺猬跳进河里。狼变成鱼追上去。

刺猬在水里游，游到木筏旁边。一群姑娘在洗衣服，他变成金戒指，滚到姑娘面前。

姑娘拾起戒指，藏起来。巫师变成原来的人形。

"还给我，"他对姑娘说，"把金戒指还给我。"

"拿去呗。"姑娘说，把戒指扔到地上。

戒指落到地上，变成麦粒。巫师变成公鸡扑上去啄麦子。

麦粒又变成了一只鹰，巫师倒霉了，被鹰啄死了。

小 磨 盘

一对儿生活得很清苦的老人毫不犹豫地把自己仅有的一点儿荞麦粥给了来乞讨的陌生人。陌生人为了感谢他们，给了他们一只小磨盘和一只大公鸡，从此，老两口儿的生活就变好了。但是这件事情被地主知道了，他抢走了小磨盘。这时善良的大公鸡通过老鹰、狐狸、獾和狼的帮助，成功地拿回了小磨盘。

从前，有一对儿老人孤零零地住在乡下，他们没有儿女也没有钱，生活过得很清苦。有一天，门口来了一个脏兮兮的陌生人向他们讨吃的。老头子说："外乡人，我们无儿无女，日子过得也很穷，只能给你一点儿荞麦粥喝了。"于是叫老太婆去舀一碗粥给陌生人。

陌生人说："我能看看您家的厨房吗？"

老头子以为他不相信，就领他去看。陌生人看见锅里只剩下一丁点儿荞麦粥，老两口儿自己恐怕都不够吃了。陌生人走到院子里说："这里还缺一只磨呢，要是有只公鸡养着，就热闹一些了。"

他像变戏法一样从背包里拿出一只小磨盘和一只公鸡，送给了老两口儿。老两口儿的生活一下子就变了。那只磨盘，只需要一粒粮食就可以磨出一桶面粉来，这样，不但他们的口粮有了，大公鸡也能吃饱。老两口儿再也不用辛苦地做活儿了，他们觉得自己一定是遇到了**神仙**。

可是世上没有不透风的墙。好景不长，小磨盘的事情被大地主知道了。这个大地主是当地的恶霸。农奴在他的庄园里干活儿，地位卑下，遭遇**悲惨**。地主任意侮辱、打骂农奴，也可以把他们像牲口一样任意买卖。他们没有人身自由，都是地主的私有财产，稍不合意就会被流放或者受到惩罚。

地主心想："如果我把这只磨盘弄来，就可以省下好多的粮食，这可是不要本钱的买卖呀。那些该死的农奴，我就可以把他们都卖掉了！"于是地主化装成一个猎人，在一个刮大风的夜晚跑到老两口儿家里。他撒谎说自己迷了路，回不去了，天太冷，想**借宿**一晚。

老两口儿是好心肠的人，就答应了。可第二天早上醒来，那借宿的人早就不见了。老两口儿想磨面粉做饭，可磨盘被偷走了！老两口儿难过得直想哭。公鸡听见了，走进来对他们说：

"你们不要悲伤，那磨盘一定是被地主偷去了。我一定要去把他弄回来。"老两口儿担心地说："你一只公鸡怎么能斗得过地主呢？他会放狗出来咬死你的。"大公鸡说："你们不要担心，我的本领和小磨盘一样大。"说完就告别老两口儿，向地主的庄园飞去。

公鸡飞过河流，飞过田野，遇见了一只老鹰。老鹰惊奇地喊道:"你真厉害!我还从没有见过飞这么高、这么快的公鸡呢!你要去哪里?"公鸡说:"昨天地主化装成猎人,把我家主人的小磨盘偷走了。我要去找地主讨回来!"老鹰说:"你真是一只勇敢的公鸡!我来帮你吧!""谢谢你,你可以爬进我的嗉囊里,我飞得很快。"于是老鹰爬进了公鸡的嗉囊。说来也奇怪,小小的嗉囊居然把老鹰装下了。公鸡继续往前飞,又遇见了狐狸、獾和狼,他们听说这只不寻常的公鸡要去找地主报仇,都要求一起去惩罚那个坏人。公鸡请他们都钻进自己的嗉囊里。

公鸡飞呀飞呀,终于到了地主的庄园。这一天,地主因为得了神奇的宝贝,正在家里大宴宾客呢!他一边向亲朋好友们炫耀,一边盘算着现在可以卖掉多少个农奴。

公鸡降落下来,停在他家的房顶上,用力扇动翅膀,把沙土全都扇到地主的饭桌上去了,他大声唱道:"咕加哩咕,狠心地主偷磨盘,不还就要闹翻天。"地主看见这只公鸡在屋顶唱,把他的丑事都抖出来了,就叫用人们爬上屋顶把公鸡捉住。他恼怒地叫道:"把这个饶舌鬼丢进鸡笼,让我的鸡把他啄死!"公鸡被丢进鸡笼之后就大声喊:"老鹰,老鹰快出来,把地主的鸡都啄死。"老鹰从嗉囊里出来,把那些鸡全部啄死,然后告别大公鸡飞回森林里去了。

公鸡飞到窗台上唱:"咕加哩咕,狠心地主偷磨盘,不还就要闹翻天。""该死的,"地主听见公鸡的叫声大喊,"我的鸡怎么没有啄死他?快把这个饶舌鬼抓住丢进鹅舍,让我的鹅把他拧死!"于是用人们又把大公鸡从窗台上赶下来,抓到鹅舍里去了。公鸡对狐狸说："狐狸，狐狸快出来，把地主的鹅都咬死。"狐狸听见了，就从嗉囊里蹿出来，把地主的鹅全部咬死了，然后跟大公鸡道别，跑回森林里了。

公鸡又飞到窗台上唱："咕加哩咕，狠心地主偷磨盘，不还就要闹翻天。""天哪！这该死的公鸡还在那里叫唤！"地主**气急败坏**地跑出来，"快把他扔到猪圈里去，让我的猪把他咬死！"就这样，大公鸡又被扔进了猪圈。他对獾说："獾哪獾，快出来吧，把地主的猪都咬死。"獾听见了，就从嗉囊里跑出来，把地主的猪一一咬死，然后也跑回森林了。

公鸡再一次飞上窗台，大声唱："咕加哩咕，狠心地主偷磨盘，公鸡还要闹翻天。"用人们赶紧报告地主。地主跑到鸡笼一看，鸡全死了；跑到鹅舍一看，鹅全死了；再跑到猪圈一看，猪也全死了。地主**心疼**得要命，这要花去他多少个卢布哇？他自己挽起袖子，把公鸡给撵了下来，把他扔进马棚，然后把马的缰绳都解开，想让马把公鸡给踩死。公鸡对狼说："狼啊狼，你也出来吧，把地主的马也咬死。"狼听见了，就从嗉囊里出来，把那些高头大马全都咬死了。狼对公鸡说："地主的牲畜都死光了，我也回去了。"于是他也返回森林了。

公鸡开心地飞到屋顶上，大声唱："咕加哩咕，磨盘再不还，全家都毁光。"

地主**咆哮**着："我要把你变成一只烤鸡，看你还敢不敢在我的家里捣乱！"这回他叫人捉住公鸡，直接送进厨房里。厨师把公鸡送进烤炉，一会儿就要变成烤鸡了。

地主这下得意了："哈哈，看来今年的复活节烤鸡我要先享

用了。"他命人把烤鸡端过来，三下五除二地把公鸡给吞进肚子里了。他**心满意足**地拍拍肚皮，正想出去把宾客们都请回来，忽然听见右边的耳朵一阵"喔喔喔"的响声，叫得他一阵头昏目眩，差点儿晕倒在地上。那声音说："咕加哩咕，磨盘再不还，定要把命丧。"

地主大叫："快拿斧子来！公鸡就停在我右耳朵上！"有个用人从厨房拿来一把斧子，一下就切下了地主右边的耳朵，疼得他**撕心裂肺**地叫。他用手捂住右边脑袋，血顺着脸颊往下淌。可是那声音又在左边耳朵响起来，于是用人又飞起一斧子，把左边的耳朵也砍了下来，血把地主的衣服都染红了。

这时，公鸡的声音又从地主的肚子里传出来。一个用人举起斧子就想砍下去。

地主一边捂住脑袋一边喊："混账东西，你想砍死我吗？"他**跌跌撞撞**地跑到屋里面，把那只用红布包好的小磨盘端出来，嘴里告饶道："公鸡大爷，这是你家的磨盘，我再也不敢害人了。"说完这句话，他忽然觉得肚子里一阵难受，"哇"的一声吐了起来。说来也奇怪，一只活生生的大公鸡居然从他嘴里钻出来，一点儿都没有受伤。

公鸡用爪子把磨盘抓住，展翅飞上天空，朝老两口儿家飞去。地上的人看见了都兴奋地大喊："天哪！公鸡居然打败了地主！""公鸡居然能搬得动一个磨盘！"老两口儿看见公鸡和磨盘都回来了，高兴极了。从此，他们就过着幸福的生活。